图解 宋词三百首

[清]朱孝臧 ○ 编选
岚裳 ○ 编

中国华侨出版社
·北京·

图书在版编目（CIP）数据

图解宋词三百首 /（清）朱孝臧编选；岚裳编. —北京：中国华侨出版社，2016.11（2025.5 重印）

ISBN 978-7-5113-6393-0

Ⅰ.①图… Ⅱ.①朱…②岚… Ⅲ.①宋词—选集 Ⅳ.①I222.844

中国版本图书馆 CIP 数据核字（2016）第 251249 号

图解宋词三百首

编　　选：	[清]朱孝臧
编　者：	岚　裳
责任编辑：	唐崇杰
封面设计：	阳春白雪
经　　销：	新华书店
开　　本：	720 毫米 ×1040 毫米　1/16　印张：18　字数：271 千字
印　　刷：	三河市京兰印务有限公司
版　　次：	2017 年 6 月第 1 版
印　　次：	2025 年 5 月第 2 次印刷
书　　号：	ISBN 978-7-5113-6393-0
定　　价：	65.00 元

中国华侨出版社　北京市朝阳区西坝河东里 77 号楼底商 5 号　邮编：100028
发行部：（010）88866779　　　　传　真：（010）88877396

如发现印装质量问题，影响阅读，请与印刷厂联系调换。

前言

　　词是中国文学宝库中一颗宝贵的明珠，一千多年来，一直高悬于历史的长空，闪耀着夺目光彩。经过这许久的历史沉淀，在今天的社会里，它仍旧扮演着一个不可或缺的角色。在人们感到疲惫不堪之时，如果能捧起一本宋词，轻轻浅浅读上几首，焦灼的心灵便会渐趋平静。

　　词最先是起源于民间，大都是反映相思爱情之类的题材，被视为诗余小令。词是比诗的构句更为自由的韵文体式，它来源于配乐的歌词。盛唐文人所写的曲子词基本上都是整齐的五言、七言形式，个别为长短句。到中唐，文人开始认真地倚声填词。元和之后，文人填词逐渐增多，词正式成为一体。

　　中唐时期词的主要代表是人物白居易、刘禹锡，他们非常注重汲取民歌艺术长处，词风朴素自然，洋溢着浓厚的生活气息。其后在词史上扮演重要角色的是温庭筠和五代"花间派"，花间词以脂粉气浓烈、崇尚浓辞艳句而驰名。而南唐李后主被俘虏之后的词作则开拓出一个新的深沉的艺术境界，对后世影响深远。

　　词入宋，发展到鼎盛状态，成为一种完全独立并与诗体相抗衡的文学形式。北宋初期词的主流依然是沿袭晚唐五代，注重词的抒情性与音乐性。杰出的政治家和文学家范仲淹以一首笔墨酣畅的《渔家傲》揭开了以苏轼、辛弃疾为代表的豪放派词作的序幕。之后，苏轼"以诗入词"，把诗的创作手法融入词中，大大拓宽了词的创作领域。南渡后的词作者，在各自不同的

创作道路上，以各自不同的态度与方法进行创作，为宋词的继续发展发挥了各自不同的作用。其中以李清照和辛弃疾的创作成就最高，清朝王士祯就曾说"婉约以易安为宗，豪放惟幼安称首"，他们是婉约派与豪放派的双璧。

本书以朱孝臧编选的《宋词三百首》为底本，在参考前人成果、顾及宋词发展脉络以及现代人的审美需求等要素的基础上选编而成。书中所选词作既有出自大家之手、流传千古的名篇，亦有不见录于一般选本的遗珠，是目前宋词选本中较为全面的作品之一。

为了帮助读者更加深入、全面地理解宋词，书中增设了作者简介、注释、赏析等栏目，并对难解字句进行了注音和解释，为读者扫除阅读障碍。同时，我们对每篇作品的写作背景、艺术特色、创作技巧等进行了细腻生动的解析，还为部分意境优美、蕴意深远的词作配画，做到词中有画，画中有词。以彩图、全解、详注的方式，为读者带来身临其境的阅读体验。

一卷在手，领略宋词无穷的艺术魅力，进而陶冶情操，提升个人的文学素养和人生品位。

目录

》李白 ············ 2
    菩萨蛮（平林漠漠烟如织） 2
    忆秦娥（箫声咽） ········ 4
    秋风清（秋风清） ········ 6

》张志和 ·········· 8
    渔歌子（西塞山前白鹭飞） 8

》戴叔伦 ·········· 10
    调笑令（边草，边草） ··· 10

》刘禹锡 ·········· 12
    竹枝词（山桃红花满上头） 12
    潇湘神（斑竹枝） ········ 14

》白居易 ·········· 16
    忆江南（江南好） ········ 16
    忆江南（江南忆） ········ 18
    长相思（汴水流） ········ 20

    花非花（花非花，雾非雾） 22
    浪淘沙（借问江潮与海水） 23

》皇甫松 ·········· 25
    采莲子（菡萏香连十顷陂） 25
    梦江南（兰烬落） ········ 27

》温庭筠 ·········· 28
    梦江南（千万恨） ········ 28
    梦江南（梳洗罢） ········ 30
    菩萨蛮（小山重叠金明灭） 32
    更漏子（柳丝长） ········ 34

》韦庄 ············ 36
    女冠子（昨夜夜半） ······ 36
    菩萨蛮（人人尽说江南好） 38
    菩萨蛮（劝君今夜须沈醉） 40
    菩萨蛮（红楼别夜堪惆怅） 42

荷叶杯（记得那年花下） 44

》牛峤 ………………………… 46
　忆江南（衔泥燕）……… 46

》李珣 ………………………… 48
　巫山一段云（古庙依青嶂） 48

》冯延巳 ……………………… 50
　长命女（春日宴）……… 50
　鹊踏枝（谁道闲情抛掷久） 52
　鹊踏枝（几日行云何处去） 54
　清平乐（雨晴烟晚）…… 56
　南乡子（细雨湿流光）… 58
　摊破浣溪沙（手卷珠帘上玉钩）……………… 60

》李煜 ………………………… 62
　长相思（一重山，两重山） 62
　浪淘沙（帘外雨潺潺）… 64
　相见欢（无言独上西楼） 66
　虞美人（风回小院庭芜绿） 68
　虞美人（春花秋月何时了） 70

》王禹偁 ……………………… 72
　点绛唇（雨恨云愁）…… 72

》寇准 ………………………… 74
　踏莎行（春色将阑）…… 74

》林逋 ………………………… 76
　长相思（吴山青）……… 76

》钱惟演 ……………………… 78
　木兰花（城上风光莺语乱） 78

》范仲淹 ……………………… 80
　苏幕遮（碧云天）……… 80
　渔家傲（塞下秋来风景异） 82

》柳永 ………………………… 84
　凤栖梧（伫倚危楼风细细） 84
　雨霖铃（寒蝉凄切）…… 86
　安公子（远岸收残雨）… 90
　鹤冲天（黄金榜上）…… 92

》张先 ………………………… 94
　青门引（乍暖还轻冷）… 94
　一丛花令（伤高怀远几时穷）………………… 96

》晏殊 ………………………… 98
　浣溪沙（一曲新词酒一杯） 98
　清平乐（红笺小字）…… 100

玉楼春（绿杨芳草长亭路）102

》欧阳修 ········ 104
诉衷情（清晨帘幕卷轻霜）104
踏莎行（候馆梅残）······ 106
玉楼春（尊前拟把归期说）108
蝶恋花（庭院深深深几许）110
渔家傲（近日门前溪水涨）112

》王安石 ········ 114
浪淘沙令（伊吕两衰翁） 114
桂枝香（登临送目）······ 116
渔家傲（平岸小桥千嶂抱）118

》晏几道 ········ 120
临江仙（梦后楼台高锁） 120
蝶恋花（醉别西楼醒不记）122
鹧鸪天（小令尊前见玉箫）124
清平乐（留人不住）····· 126
阮郎归（旧香残粉似当初）128

》苏轼 ········ 130
水调歌头（明月几时有） 130
定风波（常羡人间琢玉郎）134
念奴娇 赤壁怀古（大江东去）········ 136

西江月（世事一场大梦） 138
临江仙（夜饮东坡醒复醉）140
定风波（莫听穿林打叶声）142
江城子 乙卯正月二十日夜记梦
（十年生死两茫茫）··· 144
江城子 密州出猎（老夫聊发少年狂）········ 146
永遇乐（明月如霜）····· 150
浣溪沙（山下兰芽短浸溪）154

》李之仪 ········ 156
卜算子（我住长江头）··· 156

》苏辙 ········ 158
调啸词（渔父，渔父）··· 158
渔家傲（七十余年真一梦）160

》黄庭坚 ········ 162
清平乐（春归何处）····· 162
水调歌头（瑶草一何碧） 164
鹧鸪天（黄菊枝头生晓寒）166

》秦观 ········ 168
江城子（西城杨柳弄春柔）168
满庭芳（山抹微云）····· 170
鹊桥仙（纤云弄巧）····· 172

~ 3 ~

踏莎行（雾失楼台） …… 174

》**贺铸** …… 176

忆仙姿（莲叶初生南浦） 176

御街行 别东山（松门石路秋风扫） …… 178

捣练子 杵声齐（砧面莹） 182

踏莎行 芳心苦（杨柳回塘） …… 184

青玉案（凌波不过横塘路）186

清平乐（阴晴未定） …… 188

》**晁补之** …… 190

摸鱼儿 东皋寓居（买陂塘、旋栽杨柳） 190

盐角儿 亳社观梅（开时似雪） …… 193

迷神引（黯黯青山红日暮）195

》**陈师道** …… 197

清平乐（秋光烛地） …… 197

》**张耒** …… 199

风流子（木叶亭皋下） … 199

秋蕊香（帘幕疏疏风透） 202

》**周邦彦** …… 204

苏幕遮（燎沉香，消溽暑）204

解语花 元宵（风销绛蜡）206

夜游宫（叶下斜阳照水）209

兰陵王 柳（柳阴直） …… 211

虞美人（疏篱曲径田家小）216

玉楼春（桃溪不作从容住）218

》**毛滂** …… 220

惜分飞 富阳僧舍代作别语（泪湿阑干花著露） … 220

临江仙 都城元夕（闻道长安灯夜好） …… 222

》**叶梦得** …… 224

八声甘州（故都迷岸草） 224

》**朱敦儒** …… 228

水龙吟（放船千里凌波去）228

》**赵佶** …… 232

眼儿媚（玉京曾忆昔繁华）232

》**李清照** …… 234

如梦令（常记溪亭日暮） 234

如梦令（昨夜雨疏风骤） 236

一剪梅（红藕香残玉簟秋）237

蝶恋花（暖雨晴风初破冻）239

鹧鸪天（寒日萧萧上琐窗）241

醉花阴（薄雾浓云愁永昼）243

永遇乐（落日熔金）…… 245

声声慢（寻寻觅觅）…… 249

》**岳飞** ………… 251

满江红（怒发冲冠）…… 251

》**陆游** ………… 253

钗头凤（红酥手，黄縢酒）253

诉衷情（当年万里觅封侯）255

》**唐琬** ………… 257

钗头凤（世情薄，人情恶）257

》**范成大** ………… 259

蝶恋花（春涨一篙添水面）259

》**辛弃疾** ………… 261

青玉案 元夕（东风夜放花千树）………… 261

清平乐 村居（茅檐低小）263

西江月 夜行黄沙道中（明月别枝惊鹊）………… 265

丑奴儿 书博山道中壁（少年不识愁滋味）………… 267

破阵子 为陈同甫赋壮词以寄之（醉里挑灯看剑）…… 268

》**姜夔** ………… 270

踏莎行（燕燕轻盈）…… 270

齐天乐（庾郎先自吟愁赋）272

翠楼吟（月冷龙沙）…… 274

如何鉴赏宋词

了解作者的人生背景

词蕴含着词人的人生，想明白词人的作品，就要了解他们的人生轨迹及遭遇。

辛弃疾一生以抗金为己任，但朝廷却不愿打仗，把他派到江西、湖南等地治理荒政、整顿治安，这令他感到压抑和痛苦。42岁时受弹劾而被免职，此后20年间在乡闲居。64岁时又被主战派所用，但壮志未酬人已老，67岁溘然长逝。

从当时的社会环境看词

不了解词作者所处的社会环境，我们就感觉不到作者在那样的环境下写出那样的东西是需要有多么阔达的胸怀。

辛弃疾出生时北方已沦陷于金人之手，汉人在金人统治下备受屈辱与痛苦。然而，偏居一隅的南宋朝廷由主和派把持朝政，对主战派多般排挤打击。

琢磨词表达的意境

词的好坏最主要的不是文笔的好坏，而在于所表达的意境。如辛弃疾的《破阵子》："了却君王天下事，赢得生前身后名。可怜白发生！"作者报国无门，岁月虚度，"可怜白发生"包含了多少难以诉说的郁闷、痛苦和愤怒啊！

看其他人对词的评价

有时候自己的能力终究是有限的，不能看到诗词里所蕴含的意境，这时可以翻看别人的鉴赏，通过别人的视角去发现问题。

翻看词的注释

翻看诗词的注释，有时候诗人的一些用词我们不太理解，这时可翻看诗词的注释，甚至可以通读一下别人的全文翻译。

菩萨蛮

◎李白

平林漠漠烟如织①,寒山一带伤心碧。
暝色入高楼②,有人楼上愁。
玉阶空伫立③,宿鸟归飞急。
何处是归程?长亭更短亭④。

注释

①平林:远望时,树林呈现齐平的样子。②暝(míng)色:暮色。③伫(zhù)立:长时间地站着。④更:连续,连接。

译文

平展的树林迷迷蒙蒙,飞烟缭绕如织,寒山留下一片惹人伤心的深碧色。暮色映入高楼,有人在楼上独自发愁。

徒劳地久立在玉阶上,归巢栖息的鸟儿正急匆匆地往回飞。归途在何处?只看见长亭连着短亭。

赏析

这首词表达了游子思归之情。作者登高望远,看到苍茫的日暮景

⊙作者简介⊙

李白(701年—762年),字太白,号青莲居士。祖籍陇西成纪(今甘肃省秦安县),出生于中亚碎叶城(在吉尔吉斯斯坦境内,唐属安西都护府)。约五岁时随父迁居绵州昌隆(今四川江油)青莲乡。二十五岁离蜀漫游各地。天宝初供奉翰林,不久遭谗毁,被赐金放还。安史之乱时,入肃宗弟永王李璘幕。李璘与肃宗争权事败被杀,李白受牵连入狱,后被流放夜郎(今贵州桐梓县),途中遇赦东还。后投奔族叔当涂(今属安徽)县令李阳冰,不久病逝。其词《菩萨蛮》《忆秦娥》二首,南宋黄升收入《唐宋诸贤绝妙词选》,被誉为"百代词曲之祖"。有《李太白集》。

色,触景生情,想到自己远离故乡,征途漫漫,归乡之日却遥遥无期,心情愁苦悲凉。也有说表达了作者仕途失意的怅惘。

整首词写景层次井然,镜头感极强:上片自远而近,首先描写远眺的平林含烟、寒山凝碧,紧接着笔锋一转,视野定格在暮色苍茫之中独倚高楼、凭栏远眺的游子;下片由近及远,由上至下,从远处天空归林的飞鸟,到古道上的长亭短亭。作者巧妙利用视觉的位移和空间的交错,表达出人生的漂泊感,"苍茫高古,一气回旋"(《唐词选释》)。尤其是最后两句,以"长亭更短亭"的画面回答"何处是归程"的提问,由景及情,甚是巧妙。

此外,整首词用字新巧,比如"寒山一带伤心碧"中的"碧"字,将山间寒意与人的伤感渲染到极致;"玉阶空伫立"中的"空"字,则表达出游子心中难以言明的失落心境。

忆秦娥

◎李白

箫声咽①，秦娥梦断秦楼月。
秦楼月，年年柳色，灞陵伤别②。
乐游原上清秋节③，咸阳古道音尘绝④。
音尘绝，西风残照，汉家陵阙。

①箫声咽：出自《列仙传》："箫史者，秦穆公时人也。善吹箫，能致孔雀、白鹤于庭。穆公有女字弄玉，好之，公遂以女妻焉。日教弄玉作凤鸣，居数年，吹似凤声，凤凰来止其屋。公为作凤台，夫妇止其上，不下数年，一旦皆随凤凰飞去。"②灞陵：即"霸陵"，因汉文帝葬于此而得名，为唐人送别之处。③乐游原：在今陕西西安市南，唐代的观游胜地。④咸阳古道：唐时

词的品赏知识

词的起源和发展

词是唐代兴起的一种新的文学形式，实际上是为乐曲所配的歌词。隋唐时代从西域传入的各民族音乐与中原旧乐渐次融合产生了燕乐，原来整齐的五言、七言诗已不适应，于是产生了字句不等、形式更为活泼的"词"。每首词都有一个调名，叫作"词牌"，依调填词叫"依声"。因为音乐上的要求，词的句子有长有短，所以又称"长短句"。由盛唐到中唐，词在民间逐步流行，一些爱好民歌的文人于是开始模仿民间的曲子词进行创作。简短而富于民间气息，便是这一时期文人词的特征。但当时词被认为是一种粗俗的民间艺术，不登大雅之堂，以至于宋朝晏殊在当上宰相之后，对于他以前所填的词都不承认是自己写的。

从长安西去，咸阳为必经之地。音尘绝：音信断绝。

译文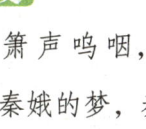

箫声呜咽，打断了秦娥的梦，秦楼上正悬着一轮明月。秦楼上的明月，每年青青的柳色，都见证了灞陵的伤感离别。

乐游原上正是清秋佳节，咸阳古道上（爱人的）音信断绝。音信断绝，萧瑟的西风中，一抹残阳洒落在汉朝皇帝的陵墓上。

赏析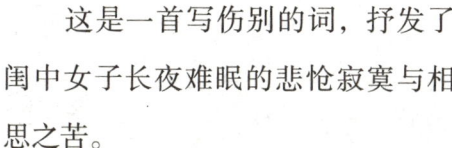

这是一首写伤别的词，抒发了闺中女子长夜难眠的悲怆寂寞与相思之苦。

上片开首两句，未见其人，先闻其声：箫声如泣如诉，正如思妇牵念之绵长凄凉；后两句今昔对比：秦楼月亏盈如常，杨柳枯荣依旧，心上人却离去多年，杳无音讯。

下片连写数景："古道""西风""残照""陵阙"，无一不烘托出秦娥的凄凉孤寂。

整首词行文极富节奏感："咽""断"等用字精简老辣，而"秦楼月""音尘绝"采用顶真手法重复叙述，寥寥数语完美呈现出女子连绵不绝的愁思、悲痛欲绝的心境。

全篇无一句直接抒情，却处处是情，情景交融至如此境界，《唐宋诸贤绝妙词选》评："《菩萨蛮》《忆秦娥》二词，为百代词曲之祖。"

秋风清

◎李白

秋风清,秋月明。
落叶聚还散,寒鸦栖复惊。
相思相见知何日,此时此夜难为情!

译文

秋风清冷,秋月明亮。落叶聚集起来又散去,寒鸦刚刚歇下又被惊起。我思念着你,但不知何日才能相见,这样的时候,这样的夜里,叫我感情上如何受得了。

赏析

《秋风清》一名《秋风辞》,字数与《江南春》相同,为汉武帝刘彻作,是根据楚地民歌体制作而成。此类体式的词最初称为三五七言诗。而三五七言诗具有明显的音乐特性,故后来被归入词类。南宋邓深曾依此调式填写词作,名为"秋风清"。

这首词既写欢乐的幽会,又充

词的品赏知识

词的分类(一)

按长短规模分,词大致可分小令(五十八字以内)、中调(五十九至九十字以内)和长调(九十一字以上)。一首词,有的只有一段,称为单调;有的分两段,称双调;有的分三段或四段,称三叠或四叠。

按音乐性质分,词可分为令、引、慢、三台、序子、法曲、大曲、缠令、诸宫调九种。

按拍节分,词常见有四种:令,也称小令,拍节较短;引,以小令微而引长之;近,以音调相近,从而引长;慢,引而愈长。

满着离别情绪。整首词由风清月明下短暂的幽会之喜，转为离别后漫长的思念之悲，悲喜交融。

"秋风清，秋月明"，这两句以白描的手法勾画出两人幽会时的景色。秋风凉爽，秋月皎皎，洁白的月光笼罩着一对喁喁私语的恋人，这景象是多么美好呀！

"落叶聚还散，寒鸦栖复惊"两句，词的氛围突然一变，由静而化动，且含义深远。这两句将情侣幽会时复杂的心理状态刻画得细腻动人。"落叶""寒鸦"都使用了比喻，"聚还散""栖复惊"又写出恋人相爱却难以相守、相聚又怕人发觉的凄凉与不安。

"相思相见知何日，此时此夜难为情"，最后两句，一问一答，直诉衷情，明白地说出人物的忧虑，对"惊"做了注解，他们不知何日才能相见，担心情无再续之日，大有"人有悲欢离合，月有阴晴圆缺"的哲思蕴含其中。

几行如话的文字，透着一丝沁心的清寒，让人黯然神伤，同叹这万古惆怅。

渔歌子

◎张志和

西塞山前白鹭飞①，桃花流水鳜鱼肥②。青箬笠③，绿蓑衣，斜风细雨不须归。

注释

①西塞山：即道士矶，在湖北大冶县长江边。②鳜（guì）鱼：俗名花鲫鱼，亦称"桂鱼"。③箬（ruò）笠：用竹叶或竹篾编的斗笠。

译文

西塞山前有白鹭在飞翔，桃花盛开，春水初涨，鳜鱼正肥美。

戴着青色的斗笠，披着绿色的蓑衣，在微风细雨中垂钓，用不着回家。

赏析

这首小令是渔歌，写的是渔隐之乐，表达了作者对自然山水的无限向往与恬和淡雅的情怀。整首词描绘出一幅和谐的垂钓画面，色彩鲜艳亮丽，描写细腻生动。

南方每年二三月间，气候回暖，桃花盛开，几场春雨过后，河水会上涨，逆水而上的鱼群也多了起来，这就是桃花水。词人没有直说春汛到来，而是用"桃花流水鳜鱼肥"来勾起读者的想象：红艳艳的桃花灼灼盛放，肥大的鳜鱼不时跃出水面。

在自然景观的描写上，粉色的

◦作者简介◦

张志和（732-774年），本名龟龄，字子同，号玄真子，婺州金华（今属浙江省）人。肃宗时明经及第，后授左金吾卫录事参军。因事贬官，遇赦而归，遂徜徉山水，自号"烟波钓徒"。博学能文，擅长音乐和书画。今存《渔歌子》词五首。有《玄真子》。

桃花与白鹭，以及银色的流水呈现出鲜艳的色彩对比，肥美的鳜鱼则给整幅画面带来动感和生机，天地万物，交相辉映；对人物的刻画上，不直接写渔翁，而以青绿的箬笠与蓑衣指代，渔翁的背影宛然可见，仿佛画中另外一抹风景。

这首词以动衬静，白鹭、斜风、落花动态十足，垂钓的渔翁恬静安详，置身其中，更显一派悠然自得的意境。颇有"蝉噪林愈静，鸟鸣山更幽"的意境，可谓词中有画，词中有情，词中有禅。

调笑令

◎戴叔伦

边草，边草，边草尽来兵老。山南山北雪晴，千里万里月明。明月，明月，胡笳一声愁绝①。

注释

①胡笳：古代北方民族的一种吹奏乐器，似笛。

译文

边塞的野草啊，边塞的野草，边塞的野草凋尽时，士兵也老了。山南山北白雪明净，千里万里明月照耀。明亮的月儿，明亮的月儿，听到一声胡笳，使我愁思难绝。

词的品赏知识

边塞词概述

边塞词兴起于唐代，以边疆地区军民生活和自然风光为题材，内容思想性深刻，想象力丰富，艺术性强。

词本是言情之作，而边塞词更是饱含了当时世人爱恨恩怨的血泪。究其丰富的情感内蕴，主要可以分为四种情感类型：平戎之志、异域之感、忧思之怨、亡国之痛。这首《调笑令》当归为忧思之怨，深刻反映了边疆战士的征戍之苦、思乡之苦，感情基调十分悲凉。

○作者简介○

戴叔伦（732年—789年），字幼公，一作次公，润州金坛（今江苏省常州市金坛区）人。历任抚州刺史、容州刺史兼容管经略使，后人称之为"戴容州"。在任期间，政绩卓著，以清明仁恕见称。诗风朗练。贞元五年（789年）四月，上表辞官归隐，在返乡途中客死于清远峡（今四川省成都市北）。今存《调笑令》词一首，开宋代边塞词的先声。有《戴叔伦集》。

赏析

唐代西北边境邻吐蕃、回纥，边事频繁，故唐人诗词多有言征戍之苦的篇目。这首词正是这样一首边塞词，描绘一个老兵在雪晴月明之夜，因思乡而悲极愁绝的情景。

"调笑令"本是欢乐的曲调，作者却赋之以悲凉的感慨。词开首以边草起兴，一唱三叹，令人感慨唏嘘。归期渺茫的老兵以边草自喻，思乡之切与怨怅之深交织在字里行间。

中间两句写晴雪、明月，本是寂寥、旷远之景，愈发衬托出老兵的孤苦无依，可谓"以幽景写哀情"。

最后，描写胡笳之音哽咽不息，直诉愁肠满怀的心情，旷远疏淡中，字字血泪。古来征战，多有"醉别故里空戍边"的千古长叹。

竹枝词

◎刘禹锡

山桃红花满上头，蜀江春水拍山流。
花红易衰似郎意，水流无限似侬愁^①。

 注 释

①侬（nóng）：我。

 译 文

红艳艳的山桃花开满山野，蜀江的春水拍山而流。花儿的红颜容易衰败，就像郎君的情意，水流绵绵无尽，恰似我的哀愁。

 赏 析

《竹枝词》是巴蜀民间歌谣的一种，又名《巴渝词》，主要是歌咏地方风俗和男女恋情。当地民间唱《竹枝》歌时，常吹短笛伴奏，并伴以舞蹈，节奏鲜明欢快，歌声激越清脆。

刘禹锡于唐穆宗长庆二年（822）正月至长庆四年（824）夏在夔州任刺史。在任期内，他依调填词，写了十来首《竹枝词》，这首词是其中之一。

本词描写一个女子在爱情上遭遇不幸，由眼前的美景联想到自身的境遇，生发出对爱情的失望之情。整首词充满了民歌情调，真挚朴素，感人肺腑。词开首两句描绘了一幅

◦作者简介◦

刘禹锡（772年—842年），字梦得，洛阳人。德宗贞元九年（793年）登进士第，又登宏词科。曾参与"永贞革新"，失败后被贬为朗州（今湖南省常德市）司马，迁连州刺史。后以裴度力荐，任太子宾客。武宗初，加检校礼部尚书衔。世称"刘宾客""刘尚书"。诗文兼擅，有"诗豪"之称，早年与柳宗元并称"刘柳"，晚年与白居易并称"刘白"。今存《竹枝词》《潇湘神》等词，以淳朴婉转见长。有《刘宾客文集》。

山水相依的风景：高山之上，桃花盛放，是那么娇艳；山脚之下，滔滔江水拍打着山崖。一个"满"字，形象地描摹了桃花漫山怒放的景象，但这样的美景却勾起了女子的痛苦回忆。最后两句借景抒情，连用两个比喻：将红花比作郎情，将流水比作哀愁。花红易衰，与爱情的脆弱如出一辙；而流水滔滔不绝，恰似"剪不断、理还乱"的忧愁。这两句比喻形象、贴切地描绘出了失恋女子内心的痛苦。南唐后主李煜写有《虞美人》，以流水喻亡国之愁："问君能有几多愁，恰似一江春水向东流。"这千古名句正是脱胎于"水流无限似侬愁"一句。

词的品赏知识

小令概述（一）

　　小令起源于唐朝，盛行于五代。词是配"燕乐"的，在燕乐中，"令"是"曲破"中的节奏明快的一截，而尤为明快精练的就是"小令"。清代毛先舒认为："五十八字以内为小令，五十九至九十字为中调，九十一字以外为长调。"（《填词名解》）王力在《汉语诗律学》中则认为："六十二字以下的为小令，以上的为慢词。"这首《枝竹词》为二十八字，属于小令。

潇湘神

◎刘禹锡

斑竹枝,斑竹枝,泪痕点点寄相思。楚客欲听瑶瑟怨,潇湘深夜月明时。

 译 文

斑竹枝啊斑竹枝,泪痕点点寄送的是相思情意。羁旅楚地之人打算听一曲《瑶瑟怨》,就在那潇湘深夜月明之时。

 赏 析

《潇湘神》,又名《潇湘曲》,词牌名。原为唐代潇湘间祭祀湘妃神曲。《潇湘神》共两首,是作者被贬朗州(今湖南常德)司马期间所作,抒写的是他对舜帝二妃——娥皇、女英的追怀之情,表达心中的哀怨,此处收录的是第二首。

潇湘神即湘妃。传说舜南巡去世,葬于苍梧,娥皇、女英追至此,望苍梧而泣,泪洒竹上,留下痕迹斑斑,旋即溺于湘水,为湘水之神。作者贬谪楚地,对竹凭吊,心中满是哀怨。

整首词化用湘妃泣竹的历史传说,以空灵之笔,抒哀怨之情。历史传说与现实生活在词中合为一体,作者的主观之情与客观之景也水乳交融,颇有"象外之致""味外之味"。

词的品赏知识

小令概述(二)

小令或单片,或双片,或多片。单片如这首《潇湘神》;多片如《九张机》,但较为少见。小令有齐句,有长短句。《尊前集》里长短句只占二分之一,而《花间集》里占到了五分之四。

宋人依声作词,宋以后就未必,因此唐宋词常有词牌固定而字句不同的情况,那是因为音乐之下,歌词可以有所增减的缘故。

"斑竹枝，斑竹枝，泪痕点点寄相思"三句道出潇湘二妃的典故：斑竹上泪痕点点，是娥皇、女英因思念舜帝而落的泪。泪痕虽是二妃留下的，但我们读来似乎感觉是词人落下的。

"楚客欲听瑶瑟怨，潇湘深夜月明时"两句与前面的"相思"相呼应，借二妃的典故来写自己对故乡的思念。远谪江南的词人十分思念故乡，在那月明之夜，他多想听一首契合他心情的《瑶瑟怨》呀！这首词风格清新，读起来朗朗上口，富有民歌情调。

忆江南

◎白居易

江南好，风景旧曾谙①。日出江花红胜火，春来江水绿如蓝②。能不忆江南？

注 释

①谙（ān）：熟悉。②蓝：蓝草，其叶可制青绿染料。

译 文

江南多么美好，那里的风景很早就已熟悉。太阳升起时，江畔的鲜花红得胜过火焰；春天到来时，澄澈的江水碧绿如蓝草。叫人怎能不追忆江南？

赏 析

白居易早年曾游江南，后因目疾回到洛阳，因而写下两首《忆江南》。晚年的白居易已经厌倦仕宦生涯，因此对秀丽的江南怀有特殊好感。

这首词首句以一个既浅显又圆活的"好"字总括江南的种种佳处，作者的赞赏之意与向往之情已尽皆寓于其中。

整首词以词藻明艳的色彩取胜，作者别出心裁地以"江"为中心下笔，以浓墨重彩渲染江南风景："日

◎作者简介◎

白居易（772年—846年），字乐天，晚年号香山居士。贞元十六年（800年）进士。元和年间任左拾遗及左赞善大夫。后因上表请求缉拿刺死宰相武元衡的凶手，得罪权贵，被贬为江州司马。后官至刑部尚书。在文学上，主张"文章合为时而著，歌诗合为事而作"，是新乐府运动的倡导者。其诗通俗易懂，相传其诗作要写到老妪听懂为止。与元稹并称"元白"。与刘禹锡首开中唐文人倚声填词之风，今存《忆江南》《长相思》等词尤有盛名。有《白氏长庆集》。

出江花红胜火"一句表现出春天花卉的生机勃勃之态,使人感到江南春色的浓艳、热烈之美;"春来江水绿如蓝"则描绘出春水荡漾、碧波千里的景象。作者敷彩设色,采用异色相衬的手法,使"红胜火""绿如蓝"形成强烈的视觉冲击,区区十几个字,完美勾勒出一幅绚丽耀眼、层次丰富的江南春景。这种高度的艺术提炼,千百年来让人们永忆这胜似画图的江南春。

整组词受民歌的影响,既具有回环复沓的美,又富有清新活泼的情调。

忆江南

◎白居易

江南忆，最忆是杭州。山寺月中寻桂子，郡亭枕上看潮头①，何日更重游？

注释

①郡亭：官署中的亭子。潮头：指中秋前后的钱塘潮。

译文

回忆江南，最让我魂牵梦系的是杭州。明月之下，在山寺之中寻找桂子；躺在郡衙的亭子里观看潮水，什么时候我才能故地重游呢？

赏析

第一首词是对江南春色的总体描绘，这首词则以"人间天堂"杭州为着眼点，进一步突出"江南好"，并抒发自己对江南的深沉怀念。

"江南忆，最忆是杭州。"二句不事雕琢，用最直接、最质朴的语言抒发了最强烈、最真挚的感情。

"山寺月中寻桂子，郡亭枕上看潮头"，紧承上句，具体写"忆"的内容，重温往日的美好生活。古代神话中有月中桂树的传说，作者运用这一传说，意在强调杭州的非同凡响。其实词人"寻"的又何止是"桂子"呢，其中还包含了对美好事物的追求和对美好生活的向往。

"郡亭枕上看潮头"描绘了钱塘江入海的奇观。在钱塘江入海处，有两山南北对峙，形成了喇叭口，水势被夹束，遂形成汹涌的浪涛。海潮来时，声如雷鸣，排山倒海，犹如万马奔腾，蔚为壮观，潮头可高达数米，成为天下著名景观。

诗人选取"山寺寻桂"和"钱塘观潮"两个富有代表性的生活画面进行描写，生动地表现出居住在杭州时生活的惬意与安闲，并在结尾处表达出对重游之日的热切盼望，对其地的一片由衷喜爱之情溢出纸面，隐隐中又含有人生的遗憾与感慨。

　　这首词使人一读之下便想象到杭州的多彩多姿，直欲奔向江南实地观览一番。风格清新，感情真挚，极富感染力。

长相思

◎白居易

汴水流①，泗水流②，流到瓜洲古渡头③。吴山点点愁。思悠悠，恨悠悠，恨到归时方始休。月明人倚楼。

注释

①汴水：源于河南，与泗水合流后入淮河。②泗水：源于山东曲阜，至徐州与汴水合流入淮河。③瓜洲：在今江苏省扬州市南面，因形状似瓜而得名。

译文

汴水奔流，泗水奔流，都流到瓜洲古渡头。点点吴山好似含着愁怨。

思情深长，恨意深长，恨到（郎君）归来之时才肯罢休。明月之下，人倚着楼头栏杆。

赏析

此词表达了一位女子对于远行的爱人的思念。

上片寓情于景。"汴水流，泗水流，流到瓜洲古渡头"三句写流水，也是写思妇送别丈夫的行程，此三句连用三个"流"字。"吴山点点愁"，丈夫远去了，思妇只能对着那吴山发愁，"愁"为全词词眼。

词的品赏知识

闺怨词概述

闺怨词专门用来表现妇女的生活和情感，所抒写的是古代弃妇和思妇（包括征妇、商妇、游子妇等）的忧伤，或者少女怀春、思念情人的感情。

闺怨词按题材分，可分为三种类型：第一种是描写别离相思的，《长相思》是其中的代表，以简练活泼的语言抒写了闺中人对爱人的思念；第二种是借描写美人迟暮来感慨身世命运的，贺铸的《青玉案》是其中的代表作；第三种是表现闺中人的寂寞、冷清的，如欧阳修的《蝶恋花》。

下片直接抒情。"思悠悠，恨悠悠"两句连用两个"悠悠"，更增添了愁思的绵长。"恨到归时方始休"，这一发自内心的呼喊足以表达女子的用情之深。最后一句"月明人倚楼"，美人之愁与一派流泻的月光融为一体，更能烘托出哀怨忧伤的气氛，增强了艺术感染力，显示了这首词言简意赅的特点。

花非花

◎白居易

花非花，雾非雾。夜半来，天明去。
来如春梦不多时，去似朝云无觅处①。

注释

①朝云：此借用楚襄王梦巫山神女之典故。宋玉《高唐赋》序："妾在巫山之阳，高丘之阻，旦为朝云，暮为行雨，朝朝暮暮，阳台之下。"

译文

似花而不是花，似雾而不是雾。半夜前来，天明离去。来的时候犹如美好的春梦，去的时候好像朝云流散，无处寻觅。

赏析

这首词应是写于白居易出任杭州刺史以后、卸任苏州刺史以前，时间大约在唐穆宗长庆二年（822年）至唐敬宗宝历二年（826年）之间。此时白居易已是年过半百，被贬谪的忧惧创伤已经愈合。在苏州和杭州时，他经常与歌伎交往，生活安定而悠闲，心情也极为舒畅。

这首词写的是歌伎的容貌和生活，语言平白如话，词意含蓄蕴藉。

"花非花，雾非雾"，首二句描写歌伎的容貌。这里用了两个精巧的比喻，说歌伎容貌美丽似花，体态轻盈如雾。

"夜半来，天明去"两句是写歌伎的生活。唐代时，歌伎常常是夜半时分才出来侍酒陪客，而天明即离去，行踪飘忽。

接着，词人又以两个巧妙的比喻来写歌伎行踪："来如春梦不多时，去似朝云无觅处。""春梦"用来表现风光旖旎之欢会的转眼即逝；"朝云"用楚怀王与巫山神女幽会的典故，喻其去后芳踪难觅。

这首词结构短小，体式活泼，诗人运用一系列比喻，将歌伎形象刻画得惟妙惟肖，而词人对她们的爱慕之意也表现得淋漓尽致。

浪淘沙

◎白居易

借问江潮与海水，何似君情与妾心？
相恨不如潮有信，相思始觉海非深。

译文

问问江潮与海水：什么像郎君的心意？什么又像我的心意？恨（郎君的情意）不能像潮水一样来去有定时，思念他的时候才发现海水不够深。

赏析

《浪淘沙》本来是白居易的自度曲，形式与七言绝句相同，宋代后逐渐发展为长短句。

这首词通过自问自答的形式来写闺情。词人通过对一位闺中女子复杂微妙的内心矛盾的刻画，真实地表现出她对爱情的忠贞和被人抛弃的悲惨境遇。

"借问江潮与海水，何似君情与妾心？"首二句劈空发问，以水喻情。"江潮"常汹涌而来，倏忽而去，与薄幸人起初热烈却又转瞬即逝的爱情极为相似。大海既深且

词的品赏知识

词牌溯源（一）

词牌，就是词的格式的名称。词有两千多种格式，这些格式称为词谱。词牌的来源大概有三种情况：

一、本来就是词的题目。《更漏子》咏夜，《抛球乐》咏抛球，《浪淘沙》咏的是浪淘沙。凡是词牌下面注明"本意"的，就是说词牌同时是词题。但绝大多数的词都没用"本意"，因此，词牌之外还有词题，词题和词牌之间可能没有任何联系。一首《浪淘沙》可以完全不提到浪和沙，比如这首词，题为《浪淘沙》，却写闺情。这样，词牌只不过是词谱的代号罢了。

广，有如思妇对情人的思念。但词中思妇却并不这么看，她认为江潮和海水不能与自己的情意相比。

"相恨不如潮有信，相思始觉海非深"，上二句设问，这两句予以回答。"江潮"纵然倏忽而逝，但它又日日夜夜有来有往，而那负心郎呢？他走后却再没有音信。海水纵然很深，却不及自己对"君"的情意深厚。真是"君心不如潮，妾心深过海"！词以"君心"比"江潮"，以"妾心"比"海水"，十分贴切自然，读之叫人拍手称妙。

这首词虽写闺情，却是以欢情来显现，这种形式出自于民歌，清新活泼。

采莲子

◎皇甫松

菡萏香连十顷陂（举棹）^①，小姑贪戏采莲迟（年少）。
晚来弄水船头湿（举棹），更脱红裙裹鸭儿（年少）。

注 释

①菡（hàn）萏（dàn）：荷花。陂（bēi）：池塘。

译 文

荷花的清香飘满广阔的池塘，小姑娘贪玩迟迟才去采莲。傍晚时她戏弄塘水，将船头溅湿，她还脱下红裙将鸭儿裹抱。

赏 析

这是一首描写江南采莲女生活的词，词人通过对一位少女采莲情景的描述，展现出一幅有声有色、情趣盎然的动人图画。

"菡萏香连十顷陂"，这一句

◎作者简介◎

皇甫松，生卒年不详。一名嵩，字子奇，自号檀栾子，睦州新安（今浙江省建德市）人，是工部侍郎皇甫湜之子、宰相牛僧孺的外甥。诗与温庭筠、韦庄、司空图齐名，词今传二十余首，以措辞闲雅著称，见录于《花间集》《唐五代词》。《新唐书·艺文志》著录其《醉乡日月》三卷。今有王国维所辑《檀栾子词》一卷。

总写秋日荷塘之景。秋日的荷塘，叶浓花繁，香飘万里。

接着词人收拢笔端，由对荷塘这一整体环境的描写聚拢到采莲少女身上。"小姑贪戏采莲迟"，由于年纪尚轻，采莲少女还留有一颗贪玩的心，她不像其他人一样全身心投入采莲工作中，而是边采莲边玩耍。

且看看她在玩些什么："晚来弄水船头湿，更脱红裙裹鸭儿。"她脱下鞋，将一双玲珑的小脚伸向水塘里，打起水来。由于玩得饶有兴致，水花将船头都溅湿了，这场面多么生动活泼。她的可爱之状还不止于此，她竟脱下红裙去裹抱小鸭。

词中句末原有小字"举棹"和"年少"，均为传唱时的和声，以加强词的音乐效果。

词的品赏知识

词牌溯源（二）

二、本来是乐曲的名称。如《采莲子》《西江月》《蝶恋花》等，有的来自民间，有的来自宫廷或官方。

三、摘取一首词中的几个字作为词牌。例如《忆秦娥》，因为依照这个格式写出的最早一首词的开头两句是"箫声咽，秦娥梦断秦楼月"，所以词牌叫《忆秦娥》，又叫《秦楼月》。《忆江南》本名《望江南》，因为白居易的一首咏"江南好"的词，最后的一句是"能不忆江南"，所以又叫《忆江南》。

但这些都是最普遍的情况，还有一些较特殊的，比如《潇湘神》，它原为唐代潇湘间祭祀湘妃神曲。

梦江南

◎皇甫松

兰烬落①，屏上暗红蕉。闲梦江南梅熟日，夜船吹笛雨潇潇。人语驿边桥②。

注释

①兰烬：香烛的余烬。②驿：驿亭，古时公差或行人休息的地方。

译文

香烛的余烬顾自燃落，画屏上的美人蕉暗淡下去。我悠然梦见江南的梅熟日，那夜她在船上吹笛为我送行，船舱外夏雨潇潇。（饯别晚宴散后）我们在驿站桥头话别。

赏析

这首词写得非常含蓄，词意朦胧，讲的是词人于一个寂寞无聊的夜晚回忆与心上人告别的情景。

"兰烬落，屏上暗红蕉"，这两句写词人所处的环境：香灯燃尽，烛花剥落了，屏风上艳红的美人蕉花也随之变得暗淡。这两句说明时间已至深夜，而且屋内的环境一片朦胧。在这样一个朦胧的深夜里，词人在做什么呢？

"闲梦江南梅熟日"，"梦"实为"忆"，他在回忆江南的一个雨天场景。"梦"字之前有一个"闲"字，这个"闲"字并非指悠闲，而是指一种寂寞无聊的心境。宋寇准有诗"梅子黄时雨如雾"，梅熟日指的是江南雨季。梅熟日里到底发生了什么呢？

"夜船吹笛雨潇潇"，在那个夏雨潇潇的夜晚，有人在船上吹笛。但词人没有点明吹笛者何人，多半是船上为词人饯别的歌伎。"人语驿边桥"，饯别晚宴散后，两人于驿站码头说话，至于说些什么，任由读者去遐想。此诗意境朦胧，但语句并不晦涩，令人一读之下便可以联想到江南雨季的缠绵情景。

这首词可谓充满诗情画意，俞陛云在《唐五代两宋词选释》中评曰："调寄《梦江南》，皆其本体。江头暮雨，画船闻歌，语语带六朝烟水气也。"

梦江南

◎温庭筠

千万恨,恨极在天涯。山月不知心里事,水风空落眼前花。摇曳碧云斜。

译文

千万般恨意,全由于爱人远在天涯。山月不知(闺中思妇的)心事,水面上的清风空自将眼前的春花吹落。碧云摇曳,横斜在天边。

赏析

这首词以深山夜月为背景,写思妇怀远。

开首"千万恨"三字,直抒胸臆,将思妇内心深处那重重幽怨一字字道出,甚为悲苦。那么这恨从何而来呢?"恨极在天涯"。她的恨源于丈夫远游未归。她的恨是千重万重,一个"极"字将这种"恨"写尽了:一定是丈夫出游甚久,她的恨才经年累月积下了这么多重。

"山月"三句融情入景,以自然之物的无情衬托出思妇的深情,突出她的满腔哀伤。山月不通人的情感,本是极为自然之事,可思妇心中的愁怨实在太深,因而才责怪

⊙作者简介⊙

温庭筠(812年—870年),本名岐,字飞卿,山西太原人。少负才华,长于诗赋。晚唐律赋考试,八韵为一篇。据说温庭筠叉手一吟便成一韵,八叉八韵即告完稿,时人称为"温八叉"。诗与李商隐齐名,并称"温李";词与韦庄齐名,并称"温韦"。所作多写闺情,镂金错彩,在当时和后代影响极大,被奉为"花间派"的鼻祖。作为唐代大力填词的第一人,存词六十六首,王国维据《花间》《金奁》两集,辑有《金荃词》一卷。有《温飞卿集》。

起它来。"水风空落眼前花",花儿飘落引起的是韶华易逝的悲伤,今春眼看着又要过去了,所思之人却仍未归来。这一句写出了思妇那种万念俱灰的心情。"摇曳碧云斜",末一句纯粹写景,意味隽永。天空一碧,白云悠悠,似对她那千万恨无知无觉。

梦江南

◎温庭筠

梳洗罢,独倚望江楼。过尽千帆皆不是,斜晖脉脉水悠悠①。肠断白蘋洲②。

注释

①斜晖:偏西的阳光。脉(mò)脉(mò):含情凝视、情意绵绵的样子。这里形容阳光微弱。 ②白蘋(pín)洲:开满白色蘋花的水中小块陆地。古代诗词中长用以代指分别的地方。白蘋,一种水中浮草。

译文

梳洗完毕,独自倚着望江楼(的栏杆)。千帆过尽都不见爱人的归舟,夕阳的余晖脉脉无语,江水悠悠流淌。一片愁肠绕断在那片白蘋洲上。

赏析

这首词写的是思妇登楼盼望夫君归来,而希望却落空了。

常言道"女为悦己者容",本词中的女主人公梳洗完毕,登上高楼,一心盼望着远游的丈夫归来。

一个"罢"字,足见其心情之迫切:刚梳洗完毕,便迫不及待地登上江楼翘首盼望,可见是从早晨就开始眺望了。"独倚"二字写出了倚楼人孤寂的心态。她满怀希望而来,引颈盼望了一天,可结果呢?

"过尽千帆皆不是,斜晖脉脉水悠悠"两句写出了她由盼望到失望的心理变化过程。"过尽千帆"是眼前实景,同时也包含着女主人公的情感活动:她久久凭栏,打量着每一艘过往的船只,这艘不是,那艘也不是,在一次次的盼望中,她一次次地失望,心情低落到极点。成百上千的船只过去了,日色也暗了下来,眼前终于只剩下脉脉无语的斜阳以及滚滚东去的江水了。"斜晖脉脉"四字,表面上看是写景,然而与上文联系起来,就会发现其中暗示了一个讯息：主人公直到黄昏还在望，就这样望了整整一天。

末句"肠断白蘋洲"更有含蓄不尽之意。"白蘋"往往是表达男女思慕之情的象征。这一句将人物感受和盘托出，直接有力。

菩萨蛮

◎温庭筠

小山重叠金明灭①，鬓云欲度香腮雪②。懒起画蛾眉，弄妆梳洗迟③。照花前后镜，花面交相映。新帖绣罗襦④，双双金鹧鸪⑤。

注释

①小山：指美人发髻。一说为女子画眉样式，有说为屏风上山水图案。金：即额黄，又称鹅黄、贴黄，是唐代妇女的眉际妆，因为以黄色颜料染画于额间，故得名。②鬓云：形容鬓发蓬松，像云朵一样。度：覆盖、掩过，形容鬓角延伸向脸颊，逐渐变得轻淡，像云影轻度。香腮雪：即香雪腮，指雪白的面颊。③弄妆：梳妆打扮。④罗襦（rú）：丝绸短袄。⑤金鹧（zhè）鸪（gū）：指用金线绣上去的鹧鸪鸟。

译文

小山重重叠叠，金光明灭，如云的鬓发想要度过洁白似雪的香腮。她慵懒地起床画眉，迟迟才弄妆梳洗。

拿起两面镜子一前一后照着头上的花饰，镜子里红花与脸面交相

词的品赏知识

阕与片

阕：一首词称为一阕。词的分段也称为阕，上段称为上阕，下段称为下阕。

片：词的分段称为分片，第二段的开头称为"过片"。词多由上下两段组成，慢词有多至三片、四片者。

以这首《菩萨蛮》为例，"小山重叠"四句为上片，"照花前后镜"四句为下片。

辉映。新穿上的丝绸裙袄上，绣着一双金鹧鸪。

赏析

这首词描绘了一幅美女梳妆图。在这幅浓墨重彩的图画中，流露出闺中贵妇的苦闷与落寞。

"小山重叠金明灭，鬓云欲度香腮雪"，这两句描绘了一幅睡美人的图画。在古诗词中，常以女子的发髻来写山，如刘禹锡《望洞庭》"遥望洞庭山水翠，白银盘里一青螺"；"金"指首饰；"明灭"则指首饰在晨光的照射下时明时暗；"雪"，形容床头美女肤色之白皙。"懒起画蛾眉，弄妆梳洗迟"，这两句才开始写她起床梳妆。一"懒"一"迟"写出了闺中女子的慵懒状，颇见其百无聊赖之心情。

"照花前后镜，花面交相映"，这两句写"弄妆"后之情形。她梳洗和打扮完毕后，拿起两面镜子一前一后照着，看头上的花饰是否插好了。镜子里映着她的面容和花饰，相互辉映，显得格外好看。"新帖绣罗襦，双双金鹧鸪"，末两句写她的衣裳，余味无穷。她簇新的丝绸小褂上，刚刚用金线绣上了成双成对的鹧鸪。一个"双"字，凸显出她的孤独与落寞，使这首词的词境得到升华。

更漏子

◎温庭筠

柳丝长，春雨细，花外漏声迢递①。惊塞雁，起城乌，画屏金鹧鸪。

香雾薄，透重幕，惆怅谢家池阁②。红烛背，绣帘垂，梦长君不知。

注释

①漏声：更漏的滴水声。迢（tiáo）递：遥远。②谢家：此处指代闺中。

译文

柳丝长长，春雨细细，花丛外，远远传来更漏声。（那声音）惊起塞上的大雁，惊起城上的乌鸦，画屏上有双金鹧鸪。

香雾很薄，透过重重的帘幕，惆怅包围着谢娘家的楼阁。红烛燃尽，绣帘低垂，相思梦长，而你却不知道。

赏析

这首词写的是闺中女子的相思之情。

词的上片写夜景，以景寓情。"柳丝长，春雨细，花外漏声迢递"三句以柳丝之长、春雨之细烘托漏声之悠长，营造出一种令人不堪之氛围。柔长的柳丝亦如女主人公之情丝，而迷蒙细雨正如她的心情，更漏之声点点滴滴更加重她的愁怨。"惊塞雁，起城乌，画屏金鹧鸪"，"惊""起"互文，"雁""乌"被惊起，这是女主人公由更漏声而产生的联想，也许雁、乌并非为更漏声所惊起，只是夜阑人静，那更漏声显得很响亮，所以女主人公很自然地产生这般联想。室外雁、乌被惊起，而室内金鹧鸪依然待在画屏上，这一动一静的对比，形成强烈的反差，正是远人和思妇不同处境的形象反映。

下片重在抒情。"香雾薄，透

重幕,惆怅谢家池阁"三句是对闺阁及闺中人的描写,以闺中人的心境来写环境。"谢家池阁"指自己的居处,她的居处怎样呢?香雾袅袅,透入重重的帘幕。这香雾不正如她那惆怅的相思之情吗?这种情感挥之不去,驱之还来。"红烛背,绣帘垂,梦长君不知",女主人公惆怅许久后终于入睡,可是在梦中,她仍然忘不掉那远去的爱人。"君不知"三字,既写出"君"的无情与冷漠,又写出女子对爱情的执着:纵使对方不知道自己的心意,她仍对他念念不忘。

女冠子

◎韦庄

昨夜夜半，枕上分明梦见。语多时。依旧桃花面，频低柳叶眉。半羞还半喜，欲去又依依①。觉来知是梦，不胜悲。

 注释

①依依：恋恋不舍的样子。

 译文

昨天半夜，在我枕边清楚地见到了你，我们说了很久的话。你依旧面若桃花，频频低垂着弯弯的柳叶眉。

一半羞涩一半欢喜，想走却又依依不舍。一觉醒来才惊觉只是一场梦，叫我不胜悲伤。

 赏析

这是一首记梦词，记述了一对恋人离别之后在梦中相见的情景。

"昨夜夜半，枕上分明梦见。语多时"，词开篇便点明了记梦的主题。"昨夜"点明时间；"分明"二字说明梦的真切；而"语多时"明写千言万语述说不尽，暗写二人相距遥远，可见二人用情之深，相思之切。

"依旧桃花面"，男子把女主人公细细端详，她依旧面若桃花，美丽动人。接着词人由女主人公的外貌，转到她的神态："频低柳叶

◎作者简介◎

韦庄（836年—910年），字端己，京兆杜陵（今陕西省长安区东北）人，韦应物四代孙。天祐三年（906年）任西蜀安抚副使，劝王建称帝，以功拜相。晚唐西蜀重要词人与诗人。其词多以白描手法传写真情实感，风格自然流丽，与温庭筠齐名，世称"温韦"，是花间派代表词人。现存词分见《花间》《尊前》和《金奁》三集，王国维辑有《浣花词》一卷，共五十余首。另有《浣花集》诗。

眉",她频频低眉,可见其娇羞的神态。

"半羞还半喜",这一句承上片而来,直接刻画女子心理,将她乍见情人后那种又羞又喜的心情传达得恰到好处。"欲去又依依",这一句写出了两人欲去还留、依依不舍的情态。"觉来知是梦,不胜悲",然而,是梦终究要醒,这两句写由梦回到现实后男主人公的心情。梦醒之后,他只觉悲从中来,绵绵不绝。

这首词一反花间词之浓艳风格,语言朴素自然,不事雕饰,但在清淡中蕴有深意,耐人咀嚼。

菩萨蛮

◎韦庄

人人尽说江南好,游人只合江南老。春水碧于天,画船听雨眠。垆边人似月①,皓腕凝霜雪。未老莫还乡,还乡须断肠。

注释

①垆边人:卖酒的姑娘。垆,放酒坛子的土墩。

译文

人人都说江南好,游人只宜在江南老去。春天的江水清澈碧绿,更胜天空的碧蓝,(人在)彩绘的船上听着雨声入眠。

土墩边卖酒的女子美丽如月,白皙的手腕好像凝结而成的霜雪。还没有老去就先不要还乡,回到家乡后定叫人悲伤不已。

赏析

这是歌咏江南的一首词,词人采用白描的手法,抒写其客游江南的所见所思,韵味悠长。

"人人尽说江南好",这一句总述别人对江南的看法,而词人自己的看法呢?他没明说。"游人只合江南老",这也是别人的劝说之辞,说远游的人就应该在江南终老。首二句盛赞江南美景,但都是借用他人的话,词人自己并未表态。韦庄为京兆杜陵(今陕西西安)人,后为了躲避战乱,逃到南方。王粲在《登楼赋》中曾说:"虽信美而非吾土兮,曾何足以少留。"远游在外的游子始终都惦念着自己的故乡呀。这两句词,蕴藏着词人怀念故乡而不得归的感情。

接着,词人开始具体描写江南的美:"春水碧于天"是江南水乡的典型之景,江水的碧绿,比天色的碧蓝更美;"画船听雨眠"写江南生活之美,在碧绿的江水之上,卧在画船之中听那潇潇雨声,这种生活多么悠闲自在呀!

"垆边人似月,皓腕凝霜雪",

"垆"是酒店放置酒器的地方。江南不仅景美,生活自得,人也很美。这两句赞的是江南卖酒的酒家女,她们如花似月,腕白如霜雪。因为江南如此好,所以词人不但不急于归乡,反而还说"未老莫还乡"。

其实,词人说"莫还乡"正是想到了还乡,他没有用"不"字,用的是有叮嘱口吻的"莫"字,这个"莫"字道出的是一片欲归不得的无可奈何之情。最后词人点出不要还乡的缘由,即"还乡须断肠"。故乡已是硝烟弥漫,在战乱中毁于一旦,回去只会有断肠的哀伤之感。

陈廷焯在《白雨斋词话》里评价韦庄的词道:"似直而纡,似达而郁。"这一特色在这首词中得到了充分体现。

菩萨蛮

◎韦庄

劝君今夜须沈醉，尊前莫话明朝事①。珍重主人心，酒深情亦深。须愁春漏短②，莫诉金杯满。遇酒且呵呵，人生能几何。

注释

①尊：酒杯。②漏：漏壶，古时滴水计时的仪器。

译文

劝你今夜一定要喝个大醉，酒杯前不要聊明天的事。珍重主人的心意，酒深情意也深。

你只需愁那春夜太短，不要抱怨酒杯太满。遇到酒且呵呵笑，人生能有几何！

赏析

这是一首对酒抒怀的词作，表面上看似旷放，实则是骚人故作旷达语，其中蕴涵着流寓他乡的词人强作欢笑、无可奈何的痛苦。

"劝君今夜须沈醉，尊前莫话明朝事"，这是词人的劝酒之语，"沈"通"沉"。意思十分明白，与唐诗人罗隐《自遣》中"今朝有酒今朝醉，明日愁来明日愁"如出一辙。

"珍重主人心，酒深情亦深"，词人继续以酒客的身份替主人劝酒，说主人盛情相邀，我们怎可辜负了他的一片情谊？大家能饮则饮，何辞一醉。韦庄处在一个乱离时代，他流落异乡多年，如今遇上一个热情好客的主人，心里感到十分激动。这"珍重"两句写尽他沉郁、潦倒的心绪。

"须愁春漏短，莫诉金杯满"，"漏"是古代以滴水计时的仪器，"诉"意指推辞。上片末二句说不要辜负了主人盛情，这两句则意在劝人不要辜负良辰好景，既然时光短暂，众人更应该趁着这大好春光，开怀纵饮，一醉方休。

"遇酒且呵呵，人生能几

何",末两句最为沉痛。唐朝灭亡,韦庄已年近七十,历尽人世艰辛,所剩时日亦不多,因而他说今天有酒而不及时行乐,明天想行乐,还不知有没有呢!"呵呵"二字最为传神,这实是强颜欢笑,其中蕴涵着一种无可奈何的心绪。

菩萨蛮

◎韦庄

红楼别夜堪惆怅①,香灯半卷流苏帐②。残月出门时,美人和泪辞。

琵琶金翠羽③,弦上黄莺语④。劝我早归家,绿窗人似花。

注释

①红楼:歌馆妓院。②流苏:绒线制成的穗子。③金翠羽:指琵琶上用黄金和翠色羽毛装点的饰物。④黄莺语:形容弦音婉转如黄莺啼鸣。

译文

红楼别离的那个夜晚真令人惆怅,香灯映照着半卷的流苏帐。残月将落,我离开家门时,美人和着泪水同我道别。

他乡歌女弹奏着插有金色羽毛的琵琶,弦上黄莺私语。出门时她嘱咐我早早归家,绿窗中人如同花般娇艳。

赏析

唐朝末年,黄巢发动起义,攻破长安后,词人逃往南方,因思念爱人而作下此词。这首词从整体来看只是写离情,然而写得特别曲折深隐。

词的上片写离别情景。"红楼别夜堪惆怅,香灯半卷流苏帐",这两句点明是分别,着重描写分别时的环境。红楼中,香灯下,罗帐半卷,这景象是多么富丽、温馨,正是这怡人的景象更加衬托出别离的惆怅,此之谓"以乐景衬哀情"。"残月出门时,美人和泪辞",这两句写送别时两人难分难舍的情景,着意描写女子的情态。他们实在不忍分别,一宿未眠,直到残月将落时,爱人才带着泪水,送词人离开。

词的下片追忆离别前的一个片

段。"琵琶金翠羽,弦上黄莺语",词人在他乡听到歌女弹奏琵琶,而那婉转如黄莺啼啭的琵琶声更勾起词人对爱人的怀念来,他也曾如今天一般听她拨弄琵琶。"劝我早归家,绿窗人似花",这两句写词人由"黄莺语"联想起爱人临别时的叮嘱。她要他早日还家,绿窗前的她如同花儿一般美丽,也如花儿一般容易凋谢。

荷叶杯

◎韦庄

记得那年花下，深夜，初识谢娘时。水堂西面画帘垂，携手暗相期①。

惆怅晓莺残月，相别，从此隔音尘②。如今俱是异乡人，相见更无因③。

注释

①暗相期：偷偷约会。暗，暗地里。②音尘：音讯。③无因：没有机会。因，机会。

译文

记得那年花下，深夜，初与谢娘相识的情景。临水的堂屋西面画帘低垂，我们携手偷偷相约。

清晨的黄莺，将落的月儿都令人惆怅，相分别，从此隔断音信。如今都是流落异乡之人，相见更没有机会了。

赏析

这是一首相思怀人之作。

上片回忆与心上人初识、定情的情景。"记得那年花下，深夜，初识谢娘时"，开篇便点明是追忆往事，并将时间、地点、人物、事件一一罗列出来，言语简练。"谢娘"在古代一般是对心爱女子的代称。

"水堂西面画帘垂，携手暗相期"，他们相逢于花下，两人一见钟情，遂暗相密约。水堂西畔，画帘低垂，两人相许终身。

下片诉说离别后的相思之情。"惆怅晓莺残月，相别，从此隔音尘"，怎奈好景不长，两人不久便相别离。离别时分，词人是多么惆怅，莺声本是婉转动听的，可此时听来却变得恼人了；连那平日里看起来温柔多情的月色，现在也变得冷清了。晓莺催人起，残月伴我行，怎不令人感伤？两人分别后，从此天各一方，杳无音讯。

"如今俱是异乡人,相见更无因",由于唐末战乱频仍,两人被迫分离,这两句写出词人那种四处漂泊,与心上人相见无期的深沉感喟。

忆江南

◎牛峤

衔泥燕，飞到画堂前。占得杏梁安稳处①，体轻唯有主人怜，堪羡好因缘②。

注释

①杏梁：文杏木做成的屋梁，泛指华丽的屋宇。②堪：非常，十分。

译文

衔着泥土的燕子，飞到装饰华丽的大堂前，占据着梁间安稳的地方，体态轻盈只有主人怜爱，好姻缘可堪羡慕。

赏析

这是一首咏燕词，词人借咏燕以抒发闺中女子的怨情。

暮春三月，繁花盛开，草木葱茏，一双燕子飞去飞回，匆匆忙忙地衔泥筑巢。它们将巢安安稳稳地筑在房屋的杏梁之上，终成就了美好的姻缘。而独处于闺中的女子呢？

词的品赏知识

咏史怀古词概述

咏史怀古词指的是以历史题材为咏写对象的词作。这里所说的历史题材涵盖面十分广，可以指历史上的某个人物，某个事件，某个古迹，也可以指某个历史时间段，这一首《江城子》歌咏的即是古迹。词人通过对古城江城景物风光的描写，抒发怀古伤今之情。

⊙作者简介⊙

牛峤，生卒年不详。字松卿，一字延峰，陇西狄道（今甘肃省临洮市）人。唐宰相牛僧孺的孙子。乾符五年（878年）进士及第。词人生逢乱世，中进士才两年黄巢起义军就攻破长安，在动荡中历任拾遗、补阙、尚书郎，后人又称他为"牛给事"。以词著名，风格类温庭筠。《花间集》录其词三十二首。

她看到了筑巢的燕子,它们双宿双飞的恩爱情态多么令她羡慕。

"衔泥燕,飞到画堂前。占得杏梁安稳处",这三句写双燕筑巢,以动态咏物。"衔""飞""占"三个动作,便将燕子筑巢的全过程完整地写了出来,一气呵成。"体轻唯有主人怜,堪羡好因缘",这两句写闺中思妇的感叹。这首咏物词并非止于对燕子的描写,而是借物寓情,由燕及人。女主人公看到结伴而飞的燕子不禁感物伤神,她哀叹自己形单影只,无人怜爱,羡慕梁间燕子的美好姻缘。

这首小令仅仅二十七个字,却写得形神兼备,深隐含蓄,极富情致。语言通俗,感情真挚,带有浓郁的民间风味。

巫山一段云

◎李珣

古庙依青嶂①，行宫枕碧流②。水声山色锁妆楼③，往事思悠悠。云雨朝还暮④，烟花春复秋。啼猿何必近孤舟，行客自多愁。

注释

①青嶂：青翠的山峰。②行宫：当指高唐宫观。宋玉随楚襄王游云梦台馆，望高唐宫观，言先王（怀王）梦与巫山神女相会于此。③妆楼：指女子梳妆起居之所。④"云雨"句：宋玉《高唐赋》言楚怀王曾与巫山神女幽会，神女辞别时说自己"且为朝云，暮为行雨"。

译文

古庙依傍着青翠如嶂的山峰，行宫枕着清澈的水流。水声与山色深锁妆楼，回想往事，令我思绪悠悠。

云雨早上有晚上还有，美景春天有秋天也有。猿的哀鸣声何必在孤舟之旁，行旅之人本身就多愁。

赏析

这首词是词人凭吊巫山神女祠、楚宫遗迹的纪行之作。

"古庙依青嶂，行宫枕碧流"，这两句为词人舟行所见。"古庙"指巫山下供奉神女的祠庙。"行宫"指楚灵王所筑细腰宫遗址。宋玉《高唐赋序》中说楚王曾梦游高唐，与巫山神女有过一夕欢会。词人看见此番景致定会引起自己对心上人的重重思念。"水声山色锁妆楼"，这里词人即景写事，眼前细腰宫里宫妃的寝殿深锁在青山碧水间，正如他不见爱人的居处。妆楼，本指

◦作者简介◦

李珣，生卒年不详，字德润，其祖先为波斯人，后移家至梓州（今四川省三台市），时有"李波斯"之称。有《琼瑶集》，多感慨之音，后佚。为"花间派"重要作家，《花间》《尊前》录其词五十余首，由王国维辑成《琼瑶集》一卷。

细腰宫里宫妃的寝殿,这里指词人心上人的居处,而这一"锁"字,说明词人与心上人相隔遥远。"往事思悠悠",描写词人回忆与心上人相悦相欢的往事,幽思连绵不断。

"云雨朝还暮,烟花春复秋",这两句就昔日楚王的风流韵事抒发感慨。宋玉《高唐赋序》谓楚王梦游高唐,神女自荐枕席,临别前辞曰:"妾居巫山之阳,高丘之阻,旦为朝云,暮为行雨,朝朝暮暮,阳台之下。"这两句是说情爱不论时间如何流逝都不会消退。"啼猿何必近孤舟,行客自多愁",与心上人遥遥相隔,词人心中已经堆满愁怨,又何况闻见催人泪下的猿啼呢。最后两句以景结情,语浅情深,耐人咀嚼。

长命女

◎冯延巳

春日宴,绿酒一杯歌一遍①。再拜陈三愿②:
一愿郎君千岁,二愿妾身长健,三愿如同梁上燕,岁岁长相见。

注释

①绿酒:新酿的米酒。未经过滤的新酒,上面浮有绿色的泡沫,故称。②陈:陈述。

译文

春日宴饮,喝一杯绿酒,欢歌一遍。再拜一拜许下三个愿望:

一愿郎君长命千岁,二愿妾身永远康健,三愿我俩像那梁上的双飞燕,年年岁岁经常见。

赏析

这是一首祝酒词。词人以女子的口吻说出她的三个愿望,语言通俗,几近口语,感情真率质朴,充满了浓郁的民歌情调。

上片写春日宴会中女子的表现:她先饮下一杯酒,接着唱词,再拜,最后陈诉了三个愿望。

下片是三个愿望的内容:第一个愿望是祝愿郎君的,希望他能长寿;第二个愿望是对自己而发的,祝愿自己永远健康;第三个愿望则是对他们二人的祝愿,愿二人如同梁上的燕子,能长相厮守。

由这最后一个愿望我们可以看出这一对恋人并非夫妻:燕子是候

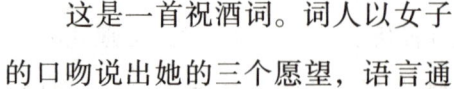

冯延巳(903年—960年),一名延嗣,字正中,广陵(今江苏省扬州市)人。南唐时官至宰相,终罢为太子少傅。其词多写闲情逸致,文人气息浓厚,与温(庭筠)、韦(庄)分鼎三足,对北宋初期的诸家影响尤深。王国维《人间词话》谓其"堂庑特大,开北宋一代风气"。今传词一百二十首,有《阳春集》。

鸟,秋去春来,年年相见。以燕子自喻,说明他们只能定期相见,并不能时时刻刻相守一处。此女子很明显为青楼女子或男子的外室。

　　这首小词言虽浅近,却又含蓄,颇值得玩味。

鹊踏枝

◎冯延巳

　　谁道闲情抛掷久？每到春来，惆怅还依旧。日日花前常病酒①，不辞镜里朱颜瘦。

　　河畔青芜堤上柳②，为问新愁，何事年年有？独立小桥风满袖，平林新月人归后。

注释

①病酒：因常醉酒而病。②芜（wú）：小草。

译文

　　谁说闲愁被抛弃很久了？每到春天来临，我心中的惆怅还一如从前。我天天在花前痛饮，全然不顾镜中容颜瘦损。

　　河岸边芳草萋萋，河堤上柳树依依，我问它们，为什么春愁年年都会有？我独立在小桥上，清风满袖。远处那片林子上弯月悬挂，众人俱已归去。

赏析

　　这首词主要表现的是一种无法排遣、时时盘结在词人心中的闲愁。

　　"谁道闲情抛掷久？"这一句设问，点明写闲愁，并写出闲情的苦恼不能解脱的特点。

　　"每到春来，惆怅还依旧"，这两句回答上一句，那无法抛掷的闲愁盖因春起，每年都生。"日日花前常病酒，不辞镜里朱颜瘦"，词人以什么来打发闲愁呢？唯酒而已。词人宁可身体消瘦，也要通过不断饮酒来打发闲愁，可见其愁思之深重。

　　"河畔青芜堤上柳，为问新愁，何事年年有？"词人仍在写愁，只不过他的足迹由家中转至府外，愁不再流连于花间、酒杯间、镜子前，而是随之扩展到屋子外的世界——河畔青草、堤上绿柳都蒙上了愁。"河畔"句，既是写景，也是用年年春天柳青草碧,来比喻自己的愁春来即长,年年不尽。"为问"两句是他对闲愁"年年还生"这一现象的无奈呼喊。

"独立小桥风满袖,平林新月人归后",这两句虽为景语,却将词人的"惆怅"与"新愁"全写了出来,词人那愁苦的情态宛若在前。

鹊踏枝

◎冯延巳

几日行云何处去？忘了归来，不道春将暮。百草千花寒食路①，香车系在谁家树？

泪眼倚楼频独语，双燕来时，陌上相逢否②？撩乱春愁如柳絮，悠悠梦里无寻处。

注释

①"百草千花"句：指浪子在寒食前后于青楼妓馆的冶游。②陌：泛指道路。

译文

几日的行云向何处去？忘了回来，也不管春天就要过去。在百草生长、千花竞放的寒食路上，你的车马系在谁家树上？

我含着眼泪独自倚靠在楼台上喃喃自语。双燕飞来，路上可与你相遇？缭乱的春愁如同柳絮，悠长的梦中（你的踪影）无处寻觅。

赏析

这是一首闺怨词，写深居闺中的女子对乐游忘归的丈夫的怨恨与不舍。

上片写男子冶游不归。"几日行云何处去？忘了归来，不道春将暮"，这三句是闺中少妇的幽怨之词，表现出她对情郎的惦念。这里以"行云"比喻在外四处游荡的情郎，非常形象贴切。"忘了归来，不道春将暮"，这两句为女子的自答之词，充满无穷悲叹：美好的春光将要逝去了，而情郎却仍不见归来。"春将暮"字面上是指春光将尽，亦指女子的美好年华将逝。"百草千花寒食路，香车系在谁家树？"这两句是女子对情郎不归所做的猜测。

"百草千花"语意双关，既指大好春色，又指众娼女。她猜测他乘着香车四处寻花问柳。

下片写女子的痴情与怨愤。"泪

眼倚楼频独语,双燕来时,陌上相逢否?"她想到自己的丈夫在外纵行放荡,心中是多么的悲伤呀。"泪眼"写其忧伤,"倚楼"写她对丈夫的盼望。"双燕"两句是她的询问,她频频问那归来的双燕是否见到自己的夫君。燕子无情,怎听得懂她的言语?这一问极写女主人公之痴。"撩乱春愁如柳絮",问燕燕无语,这令她多么惆怅,多么悲痛,心中那春愁顿时如柳絮一般,凌乱无序。这里词人以柳絮喻愁,将无形之愁具体化,极写其纷乱。"悠悠梦里无寻处",既然他不归,她又那般惦念着他,那么便到梦里将他寻觅吧,但梦却那般悠长,令她茫然而不得寻觅。这最后两句写得千回百转,情意缠绵,形象地表达了女主人公的哀怨与痴情。

清平乐

◎冯延巳

雨晴烟晚，绿水新池满。双燕飞来垂柳院，小阁画帘高卷。黄昏独倚朱阑①，西南新月眉弯。砌下落花风起，罗衣特地春寒②。

注释

①朱阑：红色栏杆。②特地：特别，异常。

译文

雨后初晴，傍晚淡烟弥漫，碧绿的春水涨满新池。双燕飞回柳树低垂的庭院，小小的阁楼里画帘高高卷起。

黄昏时独自倚着朱栏，西南天空挂着一弯如眉的新月。台阶上的落花随风飞舞，罗衣显得格外寒冷。

赏析

这是一首抒写闺情的词作。

上片写晚春之景。"雨晴烟晚，绿水新池满"，一个"晚"字点名时间；"绿水"二字交代节候——此时正值春天。这两句乃是写寻常春景：雨后放晴，夕阳西下，远山近郭笼罩在一片烟霭之中，暮色中但见新池绿水盈盈。

在这生机盎然的春景之中，女主人公忽见"双燕飞来垂柳院"。深居幽闺的少妇看到燕子双双飞来会做何感想呢？词人没有明说，只说"小阁画帘高卷"，女主人公高卷画帘为的是让燕子飞入绣户栖宿。她这一个无声的动作，蕴含着她微妙的情思。此时她幽居独处，多么羡慕那成双归巢的燕子，又是多么怨恨离人的不归啊。

下片以女主人公为中心，描绘出她孤独凄苦的处境。"黄昏独倚朱阑"，上片之景原来都为女主人公独倚栏所见。"黄昏"对应上片的"晚"，"独倚"与上片"双飞"对举，点明她的孤单处境。那么，她黄昏倚栏是为了眺望远景吗？自然不是，黄昏时分，大地一片模糊，还能看些什么呢？她是在盼望远人归来。"西南新月眉弯"，月出于东而落于西，她自黄昏倚栏，直到月色偏西，可见其倚栏之久，盼望之切。

"砌下落花风起，罗衣特地春寒"，她痴痴凝望着远方，也不知时间过去了多久，直到夜风卷起阶前的落花，拂动她的罗衣时，她才感到春寒袭人。"落花风起"既写暮春之景，又含伤春意味。末句一个"寒"字，既是天寒，更指心寒，它以千钧之力为全篇做了一个收束。

南乡子

◎冯延巳

细雨湿流光①，芳草年年与恨长。烟锁凤楼无限事，茫茫。鸾镜鸳衾两断肠。

魂梦任悠扬，睡起杨花满绣床。薄幸不来门半掩②，斜阳。负你残春泪几行。

注释

①流光：光阴。②薄幸：形容对爱情不专一的男子。

译文

细雨浸湿了光阴，芳草年复一年与离恨一起生长。烟霭锁住凤楼无限往事，渺渺茫茫，饰有鸾鸟图案的铜镜，绣着鸳鸯的锦被，这两样物品都令我断肠。

任凭梦魂飘荡，一觉醒来杨花铺满绣床。薄情郎不来，我半掩闺门，夕阳西下，辜负了残春，我洒下几行眼泪。

赏析

这是一首闺怨词。

词以芳草起兴，说明事关离恨。

"细雨湿流光"一句，后人评价极高，宋人周文璞就说："《花间集》只有五字绝佳：'细雨湿流光。'景意俱妙。"这句是说春日细雨纷纷，连光阴都被打湿了。"流光"，即光阴。"光阴"本来是看不见摸不着的，词人着一"湿"字将无形无影的抽象物（时间）化作了有形有影的具象物。"芳草年年与恨长"同样也是以具象表现抽象的妙句，将抽象的"恨"与有形的"芳草"并举，使它们构成了一种同生共长的"共时态"关系。

"烟锁凤楼无限事，茫茫。鸾镜鸳衾两断肠"，思妇与心上人曾于凤楼中有过一段甜蜜的往事，如今回忆起来，心中怅惘不已。那曾经双双照影的"鸾镜"，同眠共寝的"鸳衾"，都勾起了她对往昔的追念。同时，这成双的鸾凤和鸳鸯又衬托出思妇的形单影只，见此怎能不叫人黯然伤神呢！

"魂梦任悠扬，睡起杨花满绣床"，这两句写梦。既然现实中无法见到心上人，那就梦中去与他相会吧！可梦却是"任悠扬"的。"任悠扬"看似无拘无束，实则漫无目标，根本无法寻觅到心上人行踪。她睡起后，只见"杨花满绣床"。杨花、柳絮一向是"风飘万点正愁人"的象征，"杨花满绣床"则意味着主人公为愁绪所环绕。

"薄幸不来门半掩，斜阳。负你残春泪几行"三句写思妇望穿秋水的哀伤。她明知心上人不会再来，却仍将门半掩着。"门半掩"这一细节，表现了她明知郎不会归来却又怀有期盼的心态。"斜阳""残春"喻指美好时光的消逝。从表面上看，女主人公是因伤春而流泪，实际上她是为自己独守空闺、辜负青春而泣诉。

摊破浣溪沙

◎李璟

手卷珠帘上玉钩,依前春恨锁重楼。风里落花谁是主?思悠悠。青鸟不传云外信①,丁香空结雨中愁。回首绿波三楚暮,接天流。

注 释

①青鸟:运用西王母与汉武帝典故。据说三足的青鸟是西王母的侍者,七月七日那天,汉武帝忽见青鸟飞聚到殿前,告知武帝西王母将至,随后西王母果然降临。

译 文

手卷珠帘,挂上玉钩,如从前一样春恨依旧被锁在重重叠叠的高楼之中。那风里的落花如此憔悴,谁是它的主人呢?我的愁思绵长啊。

青鸟不曾捎来云外的书信,丁香空自在雨中结着愁怨。我回头眺望暮色里的三楚绿波,看滚滚江水从天而降浩荡奔流。

赏 析

这是一首伤春词。首句"手卷珠帘上玉钩",便将人引入词中,直接叙述人的动作。词人卷上珠帘看到了什么呢?没有直说,而是借此抒发愁怨——"依前春恨锁重楼",看来是帘外所见之物勾起了词人的"春恨"。

接下来便写出春恨的来由:"风里落花谁是主?思悠悠。"风吹得落花飘飞,而那无人管的落花令词

作者简介

李璟(916年—961年),初名景通,字伯玉,徐州(今属江苏省)人。性宽仁,少有文名。为南唐第二个皇帝,在位十九年,庙号元宗。执政期间,南唐政权逐渐衰落,被迫向周称臣,迁都洪州(今江西南昌),最终抑郁而死。今存词四首,后人将其与李煜之作合刻为《南唐二主词》。

人联想到人的飘零无依,他的愁怨正是源于此。

"青鸟不传云外信,丁香空结雨中愁",这两句进一步揭示出春恨的真正原因。未见青鸟传信,说明词人与心上人失去联络,相见无期,这不禁令词人心生愁怨。"丁香结"用来喻指因思念恋人而郁思难解。

最后以景语作结:"回首绿波三楚暮,接天流。"楚天日暮,江水接天,这既是词人回首所见之景,也是他心中流淌不尽的愁思的物化形象,那滚滚长江之水不就如同他心中的无尽愁思吗?

长相思

◎ 李煜

一重山，两重山，山远天高烟水寒，相思枫叶丹。

菊花开，菊花残，塞雁高飞人未还，一帘风月闲。

　　一重山，两重山，山远天高，烟水浩渺，寒气袭人，相思之情如同那红艳的枫叶般热烈。

　　菊花盛开，菊花凋残，塞雁已高飞人却还未归来，将帘外清风明月闲置。

　　这是一首抒发相思之情的词。"一重山，两重山"，思妇登高远眺，期望能望见丈夫归来的身影，但眼前只有重重高山。那一重一重的高山，正如同思妇心中那重重相思、重重离恨，越望思情越浓、离恨越重。"山远天高烟水寒"，"寒"的不只是"烟水"，也有思妇的心绪。前三句词人皆是写景，但景中却寄予着情意。"相思枫叶丹"，最后情景交融，说她心中的相思之情就如同那红艳艳的枫叶一般热烈。

　　"菊花开，菊花残"，花开花落，时光如水一般流逝，思妇的青春容颜也在这年复一年的变化之中

◎作者简介◎

　　李煜（937年—978年），初名从嘉，字重光，号钟隐、莲峰居士，南唐中主李璟第六子。宋太祖建隆二年（961年）嗣位为南唐后主，开宝八年（975年）为宋所灭。后被押往汴京（今河南省开封市），封违命侯。太平兴国三年（978年）卒，前期之作多写宫廷生活，后期之作专抒亡国之痛、故国之思，备受后人推崇，在词史上起到了变伶工词为士大夫词的重大作用，今存词三十余首，见于与李璟合刻的《南唐二主词》。

悄然逝去。"寒雁高飞人未还",那高飞的大雁尚且每年都归来,而离人却始终不见踪影。丈夫不归,年华流逝,这让思妇怎么不怨恨?"一帘风月闲",最后一句既是景语又是情语。为思妇眼前之景,夜深人静之时,她独坐闺中,抬起头来,只见帘幕被风轻轻吹动,帘外一轮明月高挂。"风月"又喻指思妇对丈夫的一腔柔情。"风月闲"即是说丈夫不归,她那一腔柔情无处寄托。此句一语双关,留给人无限回味的余地。

浪淘沙

◎李煜

帘外雨潺潺①，春意阑珊②。罗衾不耐五更寒。梦里不知身是客，一晌贪欢③。

独自莫凭栏，无限江山。别时容易见时难。流水落花春去也，天上人间。

注释

①潺潺：形容雨声。②阑珊：已残，将尽。③一晌：霎时，片刻。

译文

帘外雨声潺潺，春光将尽。罗被抵挡不住五更的寒气。梦中我不知道自己是客，得以享受片刻欢娱。

不要独自凭栏怀远，辽阔无边的江山，离别时容易，再见它就难了。悠悠过往真如水流花落春去，人生由此从天上到人间。

赏析

据《西清诗话》记载，此词是词人去世前不久所写："南唐李后主归朝后，每怀江国，且念嫔妾散落，郁郁不自聊，尝作长短句云：'帘外雨潺潺……'含思凄惋，未几下世。"词情凄婉至极，催人泪下。

上片采用倒叙，先描写梦醒后的情景，然后写梦。"帘外雨潺潺，

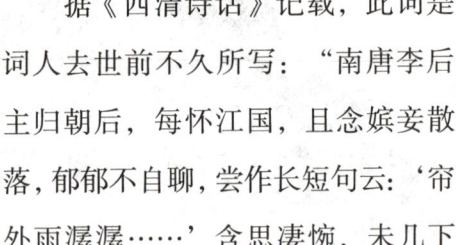

词的品赏知识

李煜的词（一）

李煜的词，其风格可以以975年被俘分为两个时期。前期的词内容空泛，风格绮丽柔靡，不脱"花间"习气，如《菩萨蛮·花明月黯笼轻雾》；而后期词作由于生活的巨变，字字泣血，风格凄凉悲壮，意境深远，如《虞美人》。这首《浪淘沙》也是后期词作中的一首，虽未直接抒发亡国之痛，但词境凄清，塑造了一个愁绪满怀、孤独落寞的主人公形象。

春意阑珊"是对室外景致的描绘，时已暮春，雨声潺潺，一种寂寞的思绪油然而生。"罗衾不耐五更寒"，一个"寒"字，为全词定下了凄冷的基调。"梦里不知身是客，一晌贪欢"，现实如此，这让他更加贪恋梦中的片刻欢娱，但梦终究为虚幻之物，梦醒以后，他还要面对自己沦为亡国之君的残酷现实。

下片抒发亡国之思。"独自莫凭栏"，为何独自一人时不要凭栏怀远呢？因为即便登上高楼，独自凭栏，也望不见"无限江山"，只会引起心中无限感伤。"别时容易见时难"，这再简单不过的一句话，却饱含着词人多少的辛酸苦楚！一夕之间词人就"归为臣虏"，与故国分别。沦为阶下囚后，再望一眼故国也成了奢望，只能带着深深的悔恨凄苦度日。"流水落花春去也，天上人间"，后两句以春光的流逝喻指繁华的消尽，表明"花月正春风"的时光已一去不复返了。

相见欢

◎李煜

无言独上西楼，月如钩。寂寞梧桐深院锁清秋①。

剪不断，理还乱，是离愁②。别是一般滋味在心头③。

注释

①锁清秋：深深被秋色所笼罩。②离愁：指去国之愁。③别是一般：也作"别是一番"，另有一种意味。

译文

默默无语，独自一人登上西楼，月儿如钩。梧桐寂寞，幽深的庭院笼罩在清冷的秋色之中。

那剪也剪不断、理也理不清的是离别的愁恨。另是一番滋味在心头。

赏析

这首词作于词人亡国身房后那段时期，抒写离愁。

上片写深秋词人独自登楼的情景。"无言独上西楼"，首句即直接将人物引入画面之中。这一句看似平淡，实则蕴意无限。"无言"二字将词人的愁苦神态刻画了出来，而后着一"独"字，勾勒出词人孤身登楼的身影。这句词虽然平白如

词的品赏知识
李煜的词（二）

李煜的词，继承了晚唐以来温庭筠、韦庄等花间派词人的传统，又受了李璟、冯延巳等的影响，将词的创作向前推进了一大步。他的词主要成就表现在以下三个方面：一、扩大了词的表现领域；二、具有较高的概括性；三、语言自然、精练而又富有表现力。这三点在这首《相见欢》里就集中表现了出来，这首词不同于五代词作，不咏艳情，而是抒发亡国之痛。"自是人生长恨水长东"一句通过具体可感的个性形象来反映现实生活中具有一般意义的某种境界，引起后世许多读者的共鸣。语言清丽自然，优美流畅，为词中上乘。

话,但是却能通过对神态与动作的刻画揭示出深藏于词人心底的孤寂与凄婉。"月如钩。寂寞梧桐深院锁清秋"是词人登楼所见,寓情于景,意境凄凉。"月如钩",是词人仰望所见,交代了登楼时间。他接着俯视庭院:"寂寞梧桐深院锁清秋。"身为阶下囚的词人不正如那深锁在庭院中的梧桐吗!寂寞、孤苦。

下片抒发离愁。"剪不断,理还乱,是离愁。"愁本无色无形,而这里词人将愁形象化,以丝喻愁,非常新颖。那么,"丝"与"愁"有何相似之处呢?词人身为亡国之君,他心中的"离愁"正如那千缕万缕的丝一般,纷乱、繁杂。这几句细腻地道出了词人对繁华的故国无法排遣的离愁。末句"别是一番滋味在心头",紧承上句写出了词人对愁的体验与感受。沦为宋廷的幽囚,他心中的愁闷是难以言说的,它根植于人的内心深处,包含着无限辛酸与苦涩。

虞美人

◎李煜

风回小院庭芜绿①,柳眼春相续②。凭阑半日独无言,依旧竹声新月似当年③。

笙歌未散尊罍在④,池面冰初解⑤。烛明香暗画堂深⑥,满鬓清霜残雪思难任⑦。

注释

①庭芜:庭院里的草。芜,丛生的杂草。②柳眼:早春时柳树初生的嫩叶,好像人的睡眼初展,故称柳眼。③竹声:春风吹动竹林发出的声响。竹,古乐八音之一。指竹制管乐器,箫、管、笙、笛之类。④笙歌:泛指奏乐唱歌,这里指乐曲。尊:酒杯。罍(léi):一种酒器。小口大肚,有盖。上部有一对环耳,下部有一鼻可系。⑤池面冰初解:池水冰面初开,指时已初春。⑥烛明香暗:是指夜深之时。香,熏香。画堂:吕本二主词同此;吴本二主词误作"画歌";《花草粹编》《古今诗余醉》《词综》《全唐诗》等本均作"画楼";《词谱》中作"画阑"。指华丽而精美的君室。深:吴本二主词中误作"声",指幽深。⑦清霜残雪:形容鬓发苍白,如同霜雪,谓年已衰老。思难任(rèn):意谓忧思令人难以承受,即指极度忧伤。思,忧思。难任,难以承受。

译文

风回小院,庭草转绿,柳叶春来相继冒出枝头。我独自倚着栏杆半日无言,那竹声新月依旧如当年。

笙歌还未散去,酒杯也还在,池面上的冰刚刚融化。烛火明亮,熏香馥郁,画楼深深,满头银发如清霜残雪,思之难禁。

赏析

这是词人后期的作品,抒写伤春怀旧之情。

上片写春景,并由春景引出对过去的回忆。"风回小院庭芜绿,柳眼春相续",这两句写春景。词人以清丽的语言描绘出一幅生机盎然的春光图。但一个"回"字隐约表现出词人心中的怀旧情绪。春景纵然美丽,但却仍旧无法驱除埋藏在词人心底的忧愁,只见他"凭阑半日独无言",那"无言"中包含着词人多少悲愤与悔恨!"依旧竹声新月似当年",他凭栏无言,回忆着旧时悠游于皇宫禁苑的美好时光。

下片写往日的欢欣和今日的凄苦。"笙歌未散尊罍在,池面冰初解",这两句是对往昔奢华生活的回忆。亡国之前,这个时候,他该是与妃嫔携手同行,纵情笙歌。而对过往的回忆更加深了词人对现实的不满。"烛明香暗画堂深"二句陡转,由回忆转入现实。此时词人由小院走进室内,画楼幽深,烛明香暗,一片凄寂之景。"满鬓清霜残雪思难任"一句,哀怨至极。词人对镜自照,看到鬓染秋霜的自己,一时竟情难自禁,不能自已。如今他沦为阶下囚,命运难卜,一片哀思涌上心头。即便这为数不多的日子他还将在寂寞、屈辱中度过,想到这里,他内心一阵翻腾,几乎令他无法承受。

虞美人

◎李煜

春花秋月何时了，往事知多少？小楼昨夜又东风，故国不堪回首月明中。

雕栏玉砌应犹在①，只是朱颜改。问君能有几多愁？恰似一江春水向东流。

注 释

①砌：台阶。

译 文

春花和秋月什么时候才能完结？往事纷纷不知有多少！小楼昨晚又吹起了东风，怎么能在明月下回忆故国！

雕花的栏杆、玉石砌成的台阶应该还在，只是宫女们的青春容颜已经改变。问我心中能有多少哀愁？就如同那一江春水东流无尽。

赏 析

这首词是后主的绝命词。据传词人作好这首词后，于七月七日那天晚上，在寓所命歌伎作乐，然后演唱，声闻于外。宋太宗听闻这件事后，大怒，认为他仍旧对故国念念不忘，便命人赐药酒，将他毒死。这首词写亡国之痛，词人通过今昔对比，表现出无穷的哀怨与悔恨。

"春花秋月何时了，往事知多少"，"春花秋月"指的是良辰美景，良辰美景本不嫌多，但词人却希望它们快快"了"了，也就是完结了。这是为什么呢？因为词人此时为阶下囚，春花秋月只会引起他对往事的无尽追思。"小楼昨夜又东风"，一个"又"字，表明词人降宋后又过去一年。这一句表现了词人对岁月流逝的感慨，但这种感慨具体指的是什么呢？"故国不堪回首月明中"，是故国之思。

"雕栏玉砌应犹在，只是朱颜改"，这两句承上片末句而来，回

首故国。"雕栏玉砌"指的是南唐故都金陵的宫殿亭台,"朱颜"指往日宫中的红粉佳人。这两句暗含词人对江山易主的感慨!前面六句,词人以永恒和无常这一哲学命题做了三度对比,将美景与悲情、往昔与今日、景物与人事的对比融为一体,极尽曲折蕴蓄之意。"问君能有几多愁?恰似一江春水向东流",这最后两句极富感情,词人以江水喻愁,不仅写出了愁的悠长深远,又显示出忧愁汹涌翻腾,极为贴切形象,令人叹服。

点绛唇

◎王禹偁

雨恨云愁，江南依旧称佳丽①。水村渔市，一缕孤烟细。天际征鸿，遥认行如缀②。平生事，此时凝睇③，谁会凭栏意④？

注释

①"江南"句：意谓江南风光即使在阴雨天气也一样美丽。②行（háng）如缀：谓雁阵行列整齐。③凝睇（dì）：凝望。④凭栏：倚着栏杆。

译文

雨带恨，云含愁，江南依旧称得上是优美之地。水村渔市，一缕孤烟袅袅升起。

天边的大雁，远远望去好似列队首尾连缀在一起。平生之事，此时凝神远望，谁能领会我凭栏远眺的意绪！

赏析

这首词是王禹偁唯一的传世词作，为他滞留江南时期的作品。

"雨恨云愁"，词人即景写情，将一腔愁恨植入景物之中。云和雨为自然之物，并无喜怒哀乐，但词人觉得，那雨迷迷蒙蒙，恰似心中有着绵绵恨意；那云块层层堆积，正如愁闷郁积一般。"江南依旧称佳丽"，这一句化用谢朓《入朝曲》"江南佳丽地，金陵帝王州"一句。尽管江南如今是下雨天气，却依旧

⊙作者简介⊙

王禹偁（chēng）（954年—1001年），字元之，巨野（今属山东省）人。太宗太平兴国八年（983年）进士。历官右拾遗、直史馆、左司谏、知制诰等职。后贬知黄州，卒于任上，人称"王黄州"。北宋第一个有突出诗文成就的作家。其诗学杜甫、白居易，其文推崇韩愈、柳宗元，风格平易简明、朴素自然。有《小畜集》。词作仅存一首。

清新秀丽,景色迷人。"水村渔市,一缕孤烟细",上片末两句具体写江南"佳丽"之景。寥寥九个字将一幅恬淡静谧的江南水乡图描绘了出来:村落渔市点缀湖边水畔,一缕淡淡的炊烟,从村落上空袅袅升起。

"天际征鸿,遥认行如缀",江南的风光固然招人喜爱,但词人却无心欣赏。当他看到"征鸿"掠过"天际"时,诸多心事一触而发。

联想一下词人写这首词的背景,当时他被贬江南,任长州知州。当着这样一个小小的芝麻官,他根本无法实现自己的宏伟志愿,因而心中非常失意。那冲天远去的大雁象征着男儿的远大抱负,因而唤起了他那份宏愿落空的失意。"平生事,此时凝睇,谁会凭阑意",词人的"鸿鹄之志"无人知会,于失意之中又添一段落寞。

踏莎行

◎寇准

春色将阑，莺声渐老，红英落尽青梅小①。画堂人静雨蒙蒙，屏山半掩余香袅。

密约沉沉②，离情杳杳。菱花尘满慵将照。倚楼无语欲销魂，长空黯淡连芳草。

注释

①红英：红花。②密约：指两人的约定。

译文

春光将尽，莺声也渐渐老去，红花落尽青梅又嫩又小。画堂悄无人声，窗外细雨蒙蒙，山水屏风半掩，香炉里余香袅袅。

秘密的誓约已然沉寂无音，离别的情怀也已邈远。菱花镜上落满灰尘，也懒得将它拾起对镜妆照了。倚着小楼默默无语，悲伤不已，天空辽远黯淡接连芳草。

赏析

这是一首闺怨词，抒发的是伤春念远之情。

上片写闺中独处的寂寞。"春色将阑"，点明时令，即暮春。"莺声渐老，红英落尽春梅小"，这两句描写暮春之景。词人选取了"莺声""红英""青梅"三个意象来描绘暮春之景，将"春色将阑"的景象展示得非常具体。"画堂人静雨蒙蒙，屏山半掩余香袅"，这两

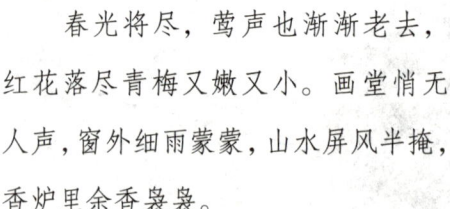

作者简介

寇准（961年—1023年），字平仲，华州下邽（今陕西省渭南市）人。太宗太平兴国五年（980年）进士。真宗时官至宰相，封莱国公。为官正直，后遭谗被贬为雷州司户参军，卒于贬所。能诗，词作不多，仅有数首，皆惜别伤时之作，风格淡雅委婉。有《巴东集》。

句描写室内之景。窗外春色衰残，室内又怎样呢？词人通过对春雨以及画堂中的画屏、香炉的描写，用"静"字将画堂那种华丽精美却冷寂空落的环境展示了出来，并巧妙地折射出词中主人公独守闺中、百无聊赖的郁郁情怀。

下片抒发相思之情。"密约沉沉，离情杳杳"，这是女主人公对往事的回忆。当初他们曾山盟海誓，而如今情人却音信全无。他的离去，使她心中愈发觉得寂寞，离恨愈发深沉。"沉沉""杳杳"，词人巧用叠字，将离愁别恨抒发得深渺绵长。女为悦己者容，而如今心上人已离去，女主人公已经无心梳妆打扮了，而是"菱花尘满慵将照"，她的菱花宝镜上已经积满了灰尘。"倚楼无语欲销魂，长空黯淡连芳草"，她登上高楼，希望能看到心上人的归帆，可是她的希望落空了，天空一片黯淡，唯见芳草绵绵无际。这里词人用典，借芳草抒发怀远之情，寓情于景，以景结情，取得了言尽而意无穷的效果。

长相思

◎林逋

吴山青,越山青,两岸青山相送迎。谁知离别情?
君泪盈,妾泪盈,罗带同心结未成①。江头潮已平。

注释

①"罗带"句:古时女子常将罗带打成连环相扣的结,送给自己的爱人以示永不分离之愿,此句是说同心结未打成,爱人就要离去了。

译文

吴山青翠,越山青翠,两岸的青山迎送(船行的游子),它们谁又明白离别的悲伤呢?

你眼泪盈眶,我也眼泪盈眶,丝带未能打成同心结,江头的潮水已经与堤岸相平,催着兰舟早早出发。

赏析

这首词采用乐府民谣的歌调,以一女子的口吻,抒发婚姻的不幸与离别的悲哀。

上片写景,借风景抒发感情。"吴山青,越山青",这两句词人巧借地名,描画出一片色彩鲜明的江南胜景。春秋战国时期,浙江省是吴国的一部分,越国的所在地,两国以钱塘江为界,北面属吴国,南面属越国。所以,"吴山"为钱塘江北岸的山,"越山"指钱塘江南岸的山。

"两岸青山相送迎",自古以来,钱塘江两岸的青山不知道迎送过多少人。"谁知别离情?"青山无情,亘古不变,而它迎送之人却是心含

⊙作者简介⊙

林逋(967年—1028年),字君复,钱塘(今浙江省杭州市)人。一生不仕,长期隐居西湖孤山,以种梅养鹤为乐,人称"梅妻鹤子",卒谥"和靖先生"。擅行书,工于诗。有《林和靖诗集》,词作仅存三首。

无限离别情意的。此处用拟人手法，向青山发怨，借自然的无情反衬人生的有情。

下片抒情，并以景写情。"君泪盈，妾泪盈"，承前片"离别情"而来，由写景转入抒情。女主人公与心上人即将分离，两人泪眼相对，哽咽无语。"罗带同心结未成"，他们是情投意合的，但他们的爱情却遭到外力的阻拦，使得两人不能长相厮守。"结未成"，喻示他们的爱情遭到破坏。

"江头潮已平"，钱塘江涨潮了，潮水同堤岸相平，意谓船儿就要起航了。这最后一句以景作结，含无尽之情。

木兰花

◎钱惟演

城上风光莺语乱，城下烟波春拍岸。绿杨芳草几时休？泪眼愁肠先已断。

情怀渐觉成衰晚，鸾镜朱颜惊暗换。昔年多病厌芳尊，今日芳尊惟恐浅。

译文

城上风光大好，莺声乱成一片，城下烟波浩渺，春水拍打着堤岸。绿杨芳草什么时候才能消失？我满眼泪水，愁肠先已断。

情怀渐觉衰老，对着鸾镜我惊讶地发现自己红润的容颜暗自更换了。往年我体弱多病，讨厌去碰那美酒金杯，如今却只恐酒杯没有斟满。

赏析

这首词作于词人暮年，有自伤身世之感。词人一生积极求仕，仕途却十分不顺，最后甚至被赶出朝廷。故而词人晚年心情很不顺畅，这首词便是在这种心境下写成的。

"城上风光莺语乱，城下烟波春拍岸"，这两句描写城中风光。此时春光大好，四处莺歌燕舞，繁花盛开，碧波暗涌，拍打水岸。

"绿杨芳草几时休？泪眼愁肠先已断"，可是面对着这大好春光，词人却是愁绪满腹，恨春色恼人。通常人们只惜春短，而词人却巴不

⊙作者简介⊙

钱惟演（977年—1034年），字希圣，临安（今浙江省杭州市）人，吴越忠懿王钱弘俶之子。少补牙门将，归宋，为右屯卫将军。累迁翰林学士枢密使，后知河阳。入朝，加同中书门下平章事。仁宗明道二年（1033年），坐擅议宗庙，落职，以崇信军节度使归镇。博学能文，有诗名。有《玉堂逢辰录》《金坡遗事》。

得春天快快过去,这是为什么呢?词人没有说,而是继续申述春天的恼人。

下片词人才开始解释愁苦的缘由。"情怀渐觉成衰晚,鸾镜朱颜惊暗换",因他日渐衰老,情怀渐变,不愿再看到浓艳的春光了。春光愈明艳,愈像在提醒他已老去。词人这一生都在为没能当上宰相而遗憾,此时他距皇城有千里之远,年华又一天天逝去,自己的梦想还怎么能实现呢?

"昔年多病厌芳尊,今日芳尊惟恐浅",看着镜子里自己那苍老的容颜,他暗自惊悸,唯一的解脱方式便是高举"芳尊",借酒浇愁了。最后两句语尽而意未尽,绵绵愁情溢于言外。

苏幕遮

◎范仲淹

碧云天，黄叶地，秋色连波，波上寒烟翠。山映斜阳天接水。芳草无情，更在斜阳外。

黯乡魂①，追旅思②。夜夜除非，好梦留人睡。明月楼高休独倚。酒入愁肠，化作相思泪。

注释

①黯乡魂：用江淹《别赋》"黯然销魂"语。黯，形容心情忧郁。②追：此处意为纠缠。旅思：旅居在外的愁思。

译文

白云满天，黄叶遍地，秋天的景色连接着远处的水波，水波上寒烟苍翠。夕阳映照着远山，天空连接着江水。芳草无情，更绵延至斜阳之外。

想起故乡不禁黯然神伤，追怀旅思，每天夜里除非美梦才能让人入睡。当明月照射高楼时不要独自倚靠栏杆。酒入了愁肠，化作相思之眼泪。

赏析

这是一首抒写乡思旅愁的词作。

上片写景，意境阔大。"碧云天，黄叶地"，词人从一高一低两个角度，描绘出一片苍茫辽阔的秋景。"秋色连波，波上寒烟翠"两句落笔于浩淼秋水，意境悠远。秋色承上两句而来，碧天广野间的秋色一

◎作者简介◎

范仲淹（989年—1052年），字希文，吴县（今属江苏省）人。宋真宗大中祥符八年（1015年）进士。宋仁宗时官至参知政事，为官清廉，力主改革，推行新政。卒谥文正，封楚国公、魏国公，世称"范文正公"。词作仅存五首。有《范文正公集》。

直向远方绵延,直至天边的秋水,秋水上寒波凝翠,这是多么广阔优美的一幅图景。"山映斜阳天接水。芳草无情,更在斜阳外"三句天、地、山、水通过斜阳、芳草连接在一起,由眼中实景转为意中虚景,离情别绪则隐寓其中。自淮南小山《招隐士》"王孙游兮不归,春草生兮萋萋"之后,"芳草"意象就与游子思归之情密不可分了。

下片承上片而来,由"芳草无情"导入离愁和相思。"黯乡魂,追旅思"点明题旨,直抒羁旅思乡之情。"黯"字写出词人心情的沉郁,"追"字显出愁情缠绵之状。"夜夜除非,好梦留人睡",唯有每夜做梦还乡时才能排解自己的思乡愁绪。每当古人怀念远人、思忆故乡时,总爱登楼远眺借以排遣愁怀,但词人却说"明月楼高休独倚",这是为什么呢?因为明月寄相思,反而会使他倍感孤独与怅惘;因为登楼望远却望不见故乡,只会更添乡愁。不登楼,便喝酒吧,也许只有凭借酒才能消解愁闷了,"酒入愁肠,化作相思泪"。

渔家傲

◎范仲淹

塞下秋来风景异，衡阳雁去无留意①。四面边声连角起②。千嶂里③，长烟落日孤城闭。

浊酒一杯家万里，燕然未勒归无计④。羌管悠悠霜满地。人不寐，将军白发征夫泪。

注释

①衡阳雁去：古人认为大雁南飞至衡阳而止。②边声：边境上的马嘶、风号等声音。角：军中号角。③嶂：形容高险如屏障的山峦。④燕然未勒：谓外患未平。燕然，东汉窦宪大破北匈奴后，曾登燕然山（蒙古杭爱山）刻石纪功。勒，刻。

译文

边塞秋天一来风景就大不相同，向衡阳飞去的雁群全无留恋的意思。四面的边地马嘶风号随着号角响起。重重叠叠的山峰里，烟雾缭绕，落日斜照，孤城紧闭。

喝一杯陈酒怀念起远隔万里的家乡，可是还未在燕然山刻上平胡的功绩，因而无法归去。羌人的笛声悠扬，寒霜撒满大地。人不能入睡，满头白发的将军和战士一同落泪。

赏析

宋仁宗康定、庆历年间，范仲淹镇守西北边塞，作下《渔家傲》数首，叙述边境生活的凄苦，《渔家傲》是流传下来的唯一一首。这首词咏叹的是守边将士内心的抑郁，词调沉郁悲壮。

词的上片写边塞风光。"塞下秋来风景异"句中，"塞下"点明地点，即西北边塞；"秋来"点明了季节。一个"异"字，概括出边塞的秋季风光，塞下的秋景是与内地大不相同的。"衡阳雁去无留意"一句虽是写大雁，却饱含着词人浓重的主观色彩。大雁是否有留意，词人自不知道。他说大雁"无留意"皆因自己对边境苦寒景象感到厌倦,这一句从侧面烘托出了边境环境的恶劣。古人认为大雁南飞到衡阳即止,衡山的回雁峰就得名于此。"四面边声连角起"写傍晚时分的边塞景象,边声、号角声四面响起,一片悲凉。"千嶂里,长烟落日孤城闭",这两句写出了塞外的壮阔风光,画面感极强,充满一股肃杀之气。

下片抒情。"浊酒一杯家万里",这是抒发边关将士对家乡的思念。"一杯"与"万里"数字之间对比悬殊,也就是说,一杯薄酒,消不去浓重的乡愁,语言雄浑有力。"燕然未勒归无计",思乡归思乡,边患未平,大敌未退,还乡之计无从谈起。"羌管悠悠霜满地",这一句写夜景,景中含情,画面凄凉。羌管,即羌笛,是出自古代西部羌族的一种乐器,发的是凄切之声。"人不寐,将军白发征夫泪",这句总收全词,融爱国之情、思乡之情于一炉,将全词的感情推向高潮。

凤栖梧

◎柳永

伫倚危楼风细细①,望极春愁,黯黯生天际。草色烟光残照里,无言谁会凭阑意②。

拟把疏狂图一醉③,对酒当歌,强乐还无味。衣带渐宽终不悔,为伊消得人憔悴④。

注释

①伫(zhù):久站。危楼:高楼。②会:理解。③拟:想要。④伊:她。

译文

伫立在高楼上,春风细细,望不尽的春日离愁,黯黯地从天边涌起。草色烟光掩映在落日余晖里,我默默无言,谁能领会我独自凭栏的深意?

打算狂放地喝他个大醉,对酒高歌一曲,勉强作乐反而觉得毫无兴味。衣带日渐宽松却不后悔,那是为她消瘦得形容憔悴啊。

赏析

这是一首抒发离愁的词作。

"伫倚危楼风细细,望极春愁,黯黯生天际",这三句叙事,说词人登上高楼,引起春愁无限。"风

◎作者简介◎

柳永(约980年—约1053年),字耆卿,初名三变,因排行第七,人称柳七,崇安(今属福建省)人。仁宗景祐元年(1034年)进士。官至屯田员外郎,世称"柳屯田"。性格放旷,仕途坎坷,最后漂泊流落而死。精通音律,创作了大量适合于歌唱的慢词长调。其词题材广泛,尤善写离情别意,写得铺叙委婉,雅俗并陈。深受时人尤其是市民阶层的欢迎,甚至出现"凡有井水处,即能歌柳词"(《避暑录话》)的盛况。有词集《乐章集》。

细细"三字写景,描绘出登楼的背景。"望极春愁,黯黯生天际",按理说愁是从心中生出的,而词人却说它从天边黯黯生起,他为何要这么写呢?一定是天际的什么景物触动了他的愁怀。接着他便作了回答:"草色烟光残照里。"原来是萋萋芳草。古人常借用芳草表示游子思归之意或表示他们对所爱之人的思念之情。这里到底是哪一种呢?词人没说。"无言谁会凭阑意",他只是默默凭栏,并感叹无人理解他的心事。

"拟把疏狂图一醉,对酒当歌",词人的愁绪无法排遣,于是他便求助于酒、求助于歌,期望在酣饮高歌中能将那愁忘却。可结果怎么样呢?"强乐还无味","春愁"缠绵执着,他根本无法抑制。愁苦至极的词人此时再也忍不住了,一声脆裂心肝的呼喊喷薄而出:"衣带渐宽终不悔,为伊消得人憔悴。"至此,他才透露出这种"春愁"是一种坚贞不渝的感情。这两句集中了词人全部的情感,也引起了无数人的共鸣,曾被王国维称为"专作情语而绝妙者",并赞叹其"求之古今人词中,曾不多见"。

雨霖铃

◎柳永

寒蝉凄切,对长亭晚,骤雨初歇。都门帐饮无绪①,留恋处、兰舟催发②。执手相看泪眼,竟无语凝噎③。念去去千里烟波,暮霭沉沉楚天阔④。

多情自古伤离别,更那堪、冷落清秋节。今宵酒醒何处?杨柳岸、晓风残月。此去经年⑤,应是良辰好景虚设。便纵有千种风情⑥,更与何人说?

注释

①都门帐饮:在京城门外设宴饮酒。无绪:没有心情。②兰舟:兰木制成的舟,此处泛指船夫。③凝噎(yē):形容喉咙里像塞了东西,说不出话来。④暮霭:傍晚的云雾。楚天:古时长江中下游一带属于楚国,故指其天空为楚天。⑤经年:

词的品赏知识

宋词两大主要流派

在宋词的发展过程中,形成了两大流派,即豪放派和婉约派。

婉约派,即婉转含蓄。其特点主要是内容侧重儿女之情,结构深细缜密,音律婉转和谐,语言圆润清丽,有一种柔婉之美。婉约派的代表人物有李煜、柳永、晏殊、欧阳修、秦观、周邦彦、李清照等。

豪放派的特点大体是创作视野较为广阔,气象恢宏雄放,喜用诗文的手法、句法写词,语词宏博,用事较多,不拘守音律,然而有时失之平直,甚至涉于狂怪叫嚣。豪放派的代表人物有苏轼、辛弃疾、叶梦得、陈亮、刘克庄、刘辰翁等。

这首《雨霖铃》为柳永的代表作,歌咏儿女情长,词风婉丽,当为婉约风。

年复一年。⑥风情：意趣。

译文

秋蝉的叫声凄凉而急促，正对着日暮时分的长亭，一阵急雨刚刚停住。京都城外的饯别宴上我没有畅饮的心绪，正是依依不舍的时候，船夫却催着出发。两人双手紧握泪眼相望，竟无语哽咽。想到这回离去，千里烟波浩渺，傍晚云气沉沉，楚地天空辽阔无际。

自古以来多情的人总会为离别而悲伤，更何况又逢着这清冷的秋季！今夜酒醒时我将身在何处？可能是那杨柳岸边，面对清寒的晨风和黎明的残月。这一去定是许多年，即使遇到好时光、好风景，也不过是虚设。即便有千种风情，又同谁去诉说呢？

赏析

这是一首描写相思别离的词作。

词人即将要离开汴京（开封）去往各地漂泊，另寻出路，因而不得不与爱人分离，这首词书写的就是词人临别时的痛苦心情。

上片写临别情景。"寒蝉凄切，对长亭晚，骤雨初歇"，此三句写离别之地的景色。但词人并不是单纯描写自然景色，短短十二个字将时间、地点、事件点明了，并且以"寒蝉""长亭""骤雨"这几个典型景物，烘托出离别的凄清氛围。

"都门帐饮无绪，留恋处、兰舟催发"三句叙写离别时的人物活动。由于即将与爱人分别，词人面对着一桌子美酒佳肴，全无兴致。接下来词人并不直接描写两人难分

难舍的情景，而通过"兰舟催发"来进行侧面烘托，以曲笔将感情深化。

"执手相看泪眼，竟无语凝噎"，这是最后的分手时刻了，词人不得不走了，两人是多么难分难舍呀，两人彼此紧紧握住对方的手，你望着我，我望着你，眼中满含泪水，喉头哽咽，一句话也说不出来。我们不得不佩服词人细致的笔法，用寥寥十一个字就将两人真挚的情感集中地表达了出来，将两人的形象逼真地刻画了出来。

"念去去、千里烟波，暮霭沉沉楚天阔"，两句寓情于景，以有尽之景写无限之情。此刻词人心绪黯淡，而眼前之景也是朦朦胧胧一片，似蒙上了一层离别愁绪。

下片写想象中的别后情景。"多情自古伤离别，更那堪、冷落清秋节"，先用一句平常语起首，说那伤别情绪并不是自他始，古来就有。然后用"更那堪"推进一层，离别本就令人伤感，更何况又碰上这清寒的秋天呢。

"今宵酒醒何处？杨柳岸、晓风残月"三句承上句而来，为全篇警句。这三句是词人对当晚旅途中景况的遥想，弥漫着一层孤清寂寞的意绪。这三句之所以为后人极力推崇，是因为其中聚合了许多触动离愁之物来表达他的心情。词人想象今夜酒醒梦回后，船停靠在江岸，他独自一人对着那一弯残月、冷冷晓风。客情之冷落，风景之清幽，离愁之绵邈，完全凝聚在画面之中。

"此去经年，应是良辰好景虚设。便纵有千种风情，更与何人说"四句，改用情语，更深一层推想离别后的落寞情状。若无爱人相伴，那"良辰好景"又有什么值得流连呢？那"千种风情"又向何人诉说呢？这样的结尾蕴涵无限情意。由此我们可以想到平日里他们在一起是何等恩爱，除非有赏不完的美景，说不完的情话，这一去才会令他如此痛苦。

安公子

◎ 柳永

远岸收残雨,雨残稍觉江天暮。拾翠汀洲人寂静①,立双双鸥鹭。望几点,渔灯隐映蒹葭浦②。停画桡③,两两舟人语。道去程今夜,遥指前村烟树。

游宦成羁旅,短樯吟倚闲凝伫。万水千山迷远近,想乡关何处?自别后,风亭月榭孤欢聚。刚断肠,惹得离情苦。听杜宇声声④,劝人不如归去。

注释

①"拾翠"句:意谓原本有少女采摘香草的汀洲,现在也是人去洲静。②蒹(jiān)葭(jiā):芦苇。③桡(ráo):船桨。④杜宇:杜鹃。古人言杜鹃啼声似"不如归去"。

译文

远处的江岸,残雨渐收,雨快要下完了我才感觉到江天渐晚。采香的少女已经离去,汀洲十分寂静,立着成双成对的鸥鹭。望见几点渔灯隐现在芦苇洲上。停下手中的桨,两个人在舟上闲谈。一个人问今晚宿在哪里,一个人手指着远处烟雨绿树掩映的村庄。

我四处为官,久成他乡之客。倚着短樯杆伫立沉吟,悠闲地凝望着远方。万水千山让故乡邈远难望,想故乡在哪里?自从分别后,就无人在风亭月榭欢聚了。刚刚断肠,又惹得离情涌上心头。听到杜鹃的叫声,它仿佛劝人说:"不如归去。"

赏析

这是一首思归之作。词人游宦他乡,长年落魄,面对着萧索的暮春景致,他心中生出一片怀归之情。

上片写景。"远岸收残雨,雨残稍觉江天暮",这是写江天雨过之景,点明地点、天气、时间。"拾翠汀洲人寂静,立双双鸥鹭",写即目所见。"鸥鹭"前冠以"双双",衬托出词人的孤寂。"望几点,渔灯隐映蒹葭浦",时间已由傍晚转到夜间,渔火已明,掩映在蒹葭丛中。"停画桡,两两舟人语"则是写词人近处所闻。"道去程今夜,遥指前村烟树",这两句具体写舟人的语言和动作。短短十多个字,就将船家的神态勾画了出来,极为生动。

"游宦成羁旅"为这首词的词眼,常言道"景为情设",原来上片景物中那哀伤幽寂的气氛源自于词人的内心,长年宦游他乡,令词人感到异常孤苦。"短樯吟倚闲凝伫",如果说上片是通过写景来抒发词人内心的痛苦无聊,那么这一句就是直抒这种情怀。"万水千山迷远近,想乡关何处?"寂寞无聊的词人终于抑制不住对故乡的思念了。"自别后,风亭月榭孤欢聚",这两句直接承"乡关何处"展开叙说。过去是多么美好,与亲朋故旧们相聚于风亭月榭之中,而如今呢,却只剩下孤独一人。"刚断肠"以下几句,正当词人被离愁折磨之际,杜鹃那"不如归去"的叫唤声又在他耳边响起,更加重了他的哀愁。

鹤冲天

◎柳永

黄金榜上，偶失龙头望①。明代暂遗贤，如何向②？未遂风云便③，争不恣狂荡④？何须论得丧。才子词人，自是白衣卿相⑤。

烟花巷陌，依约丹青屏障。幸有意中人，堪寻访。且恁偎红倚翠⑥，风流事，平生畅。青春都一饷。忍把浮名，换了浅斟低唱。

注释

①龙头：状元。②如何向：怎么办。③风云便：风云际会，得到好的遭遇。④争：怎。恣：放纵。⑤白衣：没有官职。⑥恁：如此。

译文

黄金榜上，偶然被君主遗忘。开明的朝代暂将贤能遗弃了，我该去哪里？既然没有赶上好机遇，怎么不肆意地放荡呢？何必计较得失。才子词人，自就是白衣卿相。

烟花巷陌中，隐约可见丹青作画的屏风。幸好有意中人可以寻访。且那样偎红倚翠，风流之事，才是平生最畅快的呢。青春只有一晌，怎忍心将功名去换取那慢慢地喝酒、低低的吟唱呢！

赏析

这首词有一段来历，据《能改斋漫录》记载，柳永善作俗词，而宋仁宗颇好雅词。一次，宋仁宗临轩放榜时想到柳永这首词中的"忍把浮名，换了浅斟低唱"一句，就说道："这个人只知道风月之事，就让他去浅斟低唱吧，要浮名做什么？"就这样黜落了他。从此，柳永便纵游青楼酒馆之间，并自称"奉旨填词柳三变"。

上片中，"黄金榜上，偶失龙头望"，首二句便点明榜上无名。

但词人狂傲自负,他认为落榜只是自己"偶然"失手,而不是因为自己才低。"明代暂遗贤,如何向?"接着他又自称"明代遗贤",其中暗含讽刺,"明代"应当是才人都被录用的时代,而号称清明盛世的仁宗朝,却不能做到"野无遗贤"。但既然已落第,下一步该怎么办呢?"未遂风云便,争不恣狂荡?何须论得丧",由这几句可知,词人的内心是相当痛苦的。考取功名是封建士子们的奋斗目标,而如今却不幸落榜,自恃才高的词人此时是多么失意呀,凄惨的现实使他朝另一个极端走去,他决定彻底放纵自己,从此流连于歌楼妓馆之中。"才子词人,自是白衣卿相",词人的心是非常矛盾的,他虽极力想摆脱求取功名之心,但却怎么也摆脱不掉。不得已之下,他只能自我安慰。

下片从"恣狂荡"引申而来。"烟花巷陌,依约丹青屏障",这两句点明"狂荡"的地点。"幸有意中人,堪寻访"以下三句具体写自己在烟花巷陌中的放荡生活,在那里没有功名的牵绊,只有佳人相伴,他们依偎风流,享受青春。最后词人以"忍把浮名,换了浅斟低唱"作结,字面上看去似乎是达观了,但其中却蕴涵着无限辛酸。细细读之,便能品味出词人的满腹牢骚。

青门引

◎张先

乍暖还轻冷①,风雨晚来方定。庭轩寂寞近清明,残花中酒②,又是去年病。

楼头画角风吹醒,入夜重门静。那堪更被明月,隔墙送过秋千影。

注释

①乍暖:天气忽然转暖。②中酒:醉酒。

译文

天气突然转暖但还带着些轻寒,风雨于傍晚时分方才停歇。小楼庭院冷冷清清,时已近清明,对着残花频频饮酒,心中郁结的又是那去年的伤春之病。

楼头的号角声长鸣,我被冷风吹醒,到了夜里重门寂静无声。我怎能忍受月光把墙那边秋千的影子送到眼前呢?

赏析

这首词为春日怀人之作。全词通过景物的衬托,逐步将词人的愁情写深写透。

"乍暖还轻冷,风雨晚来方定",前一句以词人对天气变化的感受来点明气候特征;后一句则写一天之内的天气状况。"乍"字写天气变化之快;"还"字一转,说天虽变暖,

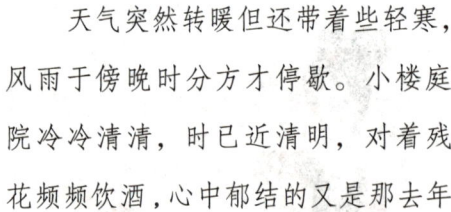

◎作者简介◎

张先(990年—1078年),字子野,乌程(今浙江省湖州市吴兴)人,仁宗天圣八年(1030年)进士。曾任安陆县的知县,因此人称"张安陆"。官至尚书都官郎中。晚年退居湖杭之间。为人疏放不羁,曾与梅尧臣、欧阳修、苏轼等游。善作慢词,与柳永齐名。其词多写男女恋情和花月景色,善用铺叙,造语工巧。曾因三处用"影"字,世称"张三影"。词集有《张子野词》。

但空气中仍旧留有阵阵清寒;"方定"二字中暗含着词人的情感,一个"方"字说明他恼恨风雨"定"得太迟。"庭轩寂寞近清明",天气的变化引起了敏感的词人孤单落寞的心绪。"残花中酒,又是去年病",因近清明,花经受不住风雨的吹打,飘落了不少。面对着枝头残留的花儿,词人是那么悲伤,他端起酒杯,企图浇灭心中的哀愁。而花年年都会飘落,伤花之情年年也都会产生,去年词人也因伤花而"中酒"。

"楼头画角风吹醒,入夜重门静",这两句承醉酒而来,通过对环境的渲染,衬托出词人的孤寂之感。词人醉酒后就睡下了,入夜后却被凄厉的角声和清冷的晚风弄醒了。词人醒后愁绪更浓了,只觉得周围一片寂静清冷,而自己是那么的孤独。"那堪更被明月,隔墙送过秋千影",正觉得孤单寂寞的词人接着又看到了什么呢?月光将隔墙的秋千影送至他的眼前。荡秋千是少女们玩的游戏,这"秋千影"唤起了词人对曾经的恋人的回忆。词意由此转至最深,竟给人以一种难以承受的感觉。

一丛花令

◎张先

伤高怀远几时穷？无物似情浓。离愁正引千丝乱，更东陌、飞絮蒙蒙①。嘶骑渐遥②，征尘不断，何处认郎踪！

双鸳池沼水溶溶，南北小桡通③。梯横画阁黄昏后，又还是、斜月帘栊。沉恨细思，不如桃杏，犹解嫁东风。

注释

①东陌：东边的道路。这里指分别的地方。②嘶骑：嘶叫的马儿。③小桡：小船。

译文

登高怀远，（此情）何时才能穷尽？没有什么东西比爱情更为浓烈的了。离别的愁怨正牵扯得千丝万缕的柳条纷乱如麻，更何况东陌之上飞絮蒙蒙。马儿的嘶鸣声渐渐遥远，一路上扬起的灰尘不断，到哪里去寻找你的踪迹呢？

一对鸳鸯在溶溶池水中嬉戏，南北有小船往来。梯子横在华丽的楼阁上，黄昏以后，依然还是斜月帘栊。我怀着深深的怨恨细细思量，自觉连桃花杏花都不如，它们尚且知道嫁给东风呢。

赏析

这是一首闺怨词，写的是一位女子独守深闺的愁怨。

"伤高怀远几时穷？"以问句开头，深沉有力地宣泄出了萦绕于女主人公心头的相思之情。

"无物似情浓"，这是对首句的回答，因为世上没有比爱情更为浓烈的事物了，所以因登高怀远而生出的相思之情才无穷无尽。首二句是针对爱情而做出的一种哲理性思索，警醒而有力。

"离愁正引千丝乱，更东陌、飞絮蒙蒙"，登高怀远的女主人公看到柳絮四处飞舞，这纷乱的柳絮牵起她无限离愁。

"嘶骑渐遥，征尘不断，何处认郎踪"，此三句点明离愁的由来。心上人已策马离去，她望断天涯路，也辨认不出他的踪影了。

"双鸳池沼水溶溶，南北小桡通"，这依然是登楼所见，她见到了什么呢？她看到成双成对的鸳鸯在池塘里戏水。试想一下，这双宿双飞的鸟儿会引起独处闺中的女主人公怎样的情思呢？定会使她愈感孤寂罢了！

"梯横画阁黄昏后，又还是、斜月帘栊"，这两句点明时间的"几时穷"，时间已是傍晚，她登楼眺望了一整天！这寥寥几句，便已烘托出一片凄清与孤寂的氛围。

"沉恨细思，不如桃杏，犹解嫁东风"，此三句为怨极之语。女主人公面对凄凉的月色，细想自己的身世，自觉甚至还不如枝头上的桃花杏花，它们在自己青春将要逝去的时候还懂得嫁给东风，寻到归宿，而自己却只能在孤寂中虚度青春。可见其用情之深，怨恨之切。

浣溪沙

◎晏殊

一曲新词酒一杯①，去年天气旧亭台②。夕阳西下几时回？无可奈何花落去③，似曾相识燕归来。小园香径独徘徊④。

注释

①一曲新词酒一杯：此句化用白居易《长安道》诗意："花枝缺入青楼开，艳歌一曲酒一杯。"②去年天气旧亭台：此句化用五代郑谷诗："流水歌声共不回，去年天气旧池台。"③无可奈何：不得已，没有办法。④香径：两边开满鲜花的小路，或指落花散香的小路。

译文

听一曲新制的词，喝一杯美酒，和去年的天气一样，依旧是旧时的亭台。夕阳西下什么时候回来？花儿落去谁又能奈何得了？燕子归来旧巢，但只是似曾相识。小园的花径上我独自徘徊。

赏析

晏殊是宋朝的太平宰相，其词多抒发的是一种淡淡的闲愁，这首词就是其中的代表作。暮春时节，词人手持一杯酒走在小园里，看着花儿落去，燕子飞回，听着歌女唱新词，感叹春光易逝，物是人非。

"一曲新词酒一杯"，这是写词人持酒听歌的场景，整个画面透露出一股雍容闲散之气。"去年天

◎作者简介◎

晏殊（991年—1055年），字同叔，抚州临川（今属江西省）人。七岁能文，十五岁时，因才华过人而被赐为进士。仁宗朝官至宰相，荐引了范仲淹、韩琦、欧阳修等一批人才。卒谥"元献"。能诗文，擅作词。其词多描写四季景物、男女恋情、诗酒悠游、离愁别恨，反映富贵闲适的生活。语言婉丽，音韵和谐，工巧凝练，意境清新。有《珠玉词》《晏元献遗文》等。

气旧亭台",词人迈着缓慢的步子走在小园里,今日类似的天气与眼前类似的景物引起了他对去年的回忆。这一句中包含了一种景物依旧而人事全非的怀旧之感,词人的心间蒙上了一层淡淡的忧伤。眼前夕阳正向西落去,正伤叹着时光易逝的词人不禁发出这样的感喟:"夕阳西下几时回?"这是即景兴感,包含着词人对美好事物的流连,也表现了词人对时光流逝的怅惘。

"无可奈何花落去,似曾相识燕归来",这两句浑然天成,是为人们所传诵的千古名句。两句词对偶工整,声韵和谐,寓意深婉,很值得人玩味。"花落去"是自然现象,不以人的意志为转移,因而词人感叹"无可奈何"。但在这里,词人所叹息的又不仅仅只是落花,更是美好事物的消逝及大好春光的流逝。燕子南来北去象征的也是时光的流逝,词人感叹燕子一次次归来,而人却一年一年老去。"小园香径独徘徊",词人独自在小园花径间踱来踱去,伤叹时光的流逝。

清平乐

◎晏殊

红笺小字①，说尽平生意。鸿雁在云鱼在水②，惆怅此情难寄。斜阳独倚西楼，遥山恰对帘钩。人面不知何处，绿波依旧东流。

注释

①红笺（jiān）：一种精美的小幅红色信纸，多指情书。②"鸿雁"句：古人认为鱼雁都能传递书信。

译文

在红色信笺上写满小字，说尽平生所有情意。鸿雁高飞于云端，鱼儿潜游在水中，为难以传递此番情意而惆怅不已。

黄昏时分，独自倚靠西楼，远处的青山恰好与帘钩相对。那人不知去了哪里，碧绿的水波依旧向东流去。

赏析

这是一首相思怀人之作。

词的上片抒情。"红笺小字，说尽平生意"，虽然我们并不知道写信人和收信人是谁，但从"红笺"二字不难看出，两人是一对情深意笃的爱侣。首二句情味极浓，寥寥数字却包蕴着无数情事、无限情思。

"鸿雁在云鱼在水，惆怅此情难寄"，这两句说两人因为相隔遥远，以致书修好后，却无从传递。"雁足传书"和"鱼传尺素"是诗文中常用的典故，前者见于《汉书·苏武传》，后者见于古诗《饮马长城窟行》（客从远方来）。在古人看来，雁足鱼腹是用来传递书信的，但如今却是"鸿雁在云鱼在水"，也就是无法驱遣它们去传书递简。而"惆怅"二字则表现出了词人因锦书无法传递而生出的苦闷之情。

下片由抒情过渡到写景。"斜阳独倚西楼，遥山恰对帘钩"，夕阳西下，独自倚楼远望，却不见心上人的踪影。这两句表面写景，实是表现相思之情。"独"字已勾画出词人形单影只的情状,偏偏此时正值黄昏时分,词人的一片相思之情更加难以排解。

词人倚楼望远,而视线却被远山阻隔。倚楼远眺本是为了排解忧愁,如今反倒又添一段愁思,惆怅不已的词人不禁发出"人面不知何处,绿波依旧东流"的深沉感叹。这两句化用崔护《题都城南庄》诗句"人面不知何处去,桃花依旧笑东风"而来。词人结合眼前之景,略加变化,抒发的依旧是物是人非之慨,寄寓了词人无尽的相思情意。

玉楼春

◎晏殊

绿杨芳草长亭路，年少抛人容易去①。楼头残梦五更钟，花底离愁三月雨。

无情不似多情苦，一寸还成千万缕。天涯地角有穷时，只有相思无尽处。

注释

①年少抛人容易去：年轻的时候容易跟自己的朋友和恋人告别。

译文

离别的道路上杨柳青青，芳草遍生，年少之人最容易（抛家）离去。楼头五更时分的钟声，惊醒了我的好梦，三月的雨使花底落红点点，让人生出难以忍受的离愁。

无情的人不会像多情的人那般痛苦，寸寸芳心还化成了千丝万缕的愁情。天涯地角终有尽头，只有相思是无穷无尽的。

赏析

这首词写相思怀人之情。

"绿杨芳草长亭路"，首句写景，点明时间、地点。在古诗词中，"芳草""长亭"通常与离别有关，因此这一句描写的是两人的分别之处。"年少抛人容易去"，少年时往往单纯烂漫，对未来充满幻想，总是很轻易地就与自己的亲人或恋人别离。这一句描述了闺妇空自泪眼相看，而心上人却轻易地弃之而去的离别场景。

"楼头残梦五更钟，花底离愁三月雨"两句，把思妇的思念之意生动地描绘出来。她最怕那五更的钟声，钟声一响，便将她从睡梦中惊醒，使她重又陷入无边的失望之中。而窗外那濛濛春雨正如离人的泪水，缠绵滴沥。"五更钟"和"三月雨"都被赋予了人的情感，用来曲折地抒发怀人之情。

"无情不似多情苦",以无情与多情作对比,说无情则无烦恼,因此多情还不如无情,凸显出思妇的怀人之苦。"一寸还成千万缕",接着词人便对前句"多情苦"进行剖析,那寸寸芳心,因为多情,又化成了千丝万缕的绵长愁情,蕴涵着千愁万恨。

"天涯地角有穷时,只有相思无尽处",这两句化用白居易"天长地久有时尽,此恨绵绵无绝期"而来,叹息相思之无尽,感情真切而含蓄。

诉衷情

◎欧阳修

清晨帘幕卷轻霜，呵手试梅妆。都缘自有离恨，故画作、远山长。思往事，惜流芳，易成伤。拟歌先敛，欲笑还颦①，最断人肠！

注释

①"拟歌先敛"二句：是说唱歌之前先做愁态，笑之前先要皱眉，以此来增添妩媚。

译文

清晨将帘幕卷起，看见满地清霜，她用热气呵手，试着描画梅花妆。只因有离别的幽恨，所以她将双眉画成绵长的远山。

回忆往事，痛惜年华流逝，容易令人伤感。打算唱歌却先做愁态，想笑却先要皱眉，这最叫人断肠啊！

赏析

这首词抒写的是一位歌妓的离愁别恨。词人通过对歌妓在冬日清晨梳妆的描述，展现了她内心的落寞与苦闷。

上片描写歌妓对镜梳妆的情景。"清晨帘幕卷轻霜，呵手试梅妆"，这两句点明了时间、天气以及人物情态。"帘幕卷"暗示她已起床，"轻霜"说明气候只微寒。"梅妆"，为南朝宫中传出来的寿阳公主首创的一种别样打扮。

⊙作者简介⊙

欧阳修（1007年—1072年），字永叔，号醉翁，晚年又号六一居士，庐陵（今江西省吉安市）人。仁宗天圣八年（1030年）进士。官至参知政事，以太子少师致仕。赠太子太师，谥"文忠"。领导了北宋诗文革新运动，是"唐宋八大家"之一。在散文、诗、词等方面都卓有成就。其诗开创了宋代诗坛的新面貌；其词在北宋前期与晏殊并称。词多缠绵悱恻之作，不脱花间词的痕迹，亦有清丽明快、疏旷豪放之作。有《欧阳文忠公集》《六一词》等。

"都缘自有离恨，故画作、远山长"，古人有以山水喻别离的习惯，由于心中装有离恨，因而她将双眉画得如远山一般绵长。将双眉比作远山，想象奇特而生动，既写出了歌妓眉似远山之美，又揭示出她内心的痛苦和凄寂。

下片描写歌妓的内心感受。"思往事，惜流芳，易成伤"，这三句写她追忆往事的心情。她想到自己的歌唱生涯异常凄惨，嗟叹自己那青春年华都在陪酒卖唱中抛掷了。

"拟歌先敛，欲笑还颦，最断人肠"，这几句总结了歌妓卖唱赔笑的生活，并活灵活现地刻画出她无可奈何的痛苦心情，流露出词人对歌妓深深的哀怜之情。

踏莎行

◎欧阳修

候馆梅残①，溪桥柳细。草薰风暖摇征辔②。离愁渐远渐无穷，迢迢不断如春水。

寸寸柔肠，盈盈粉泪。楼高莫近危阑倚③。平芜尽处是春山④，行人更在春山外。

注释

①候馆：驿馆。②摇征辔（pèi）：指策马远行。③危阑：高楼上的栏杆。④平芜：绵延不断、向远方伸展的草地。

译文

驿馆中梅花凋残，溪桥边柳叶细细。青草飘香，春风和煦，目送爱人骑马远去。离愁随着心上人的远去也渐渐无穷，迢迢不断如春水一般。

寸寸柔肠，满眼的泪水。楼太高了，不要独自倚靠高处的栏杆。原野的尽头是青翠的山峰，远行的

人还在那青山之外。

赏析

这是一首抒发离愁别绪的词作。本词写法特别，不是只写游子的离愁或思妇的离愁，而是结合了两者，上片写行者的离愁，下片写闺中思妇的别恨。

上片写游子在旅途中的离愁。"候馆梅残，溪桥柳细。草薰风暖摇征辔"，开头三句描绘了一幅早春行旅图。梅残、柳细、草薰、风暖点明时令，即仲春。"候馆"点明事件，即行旅。首三句以实景烘托离别，而第三、四两句则直接抒写离情："离愁渐远渐无穷，迢迢不断如春水。"两句为全词之眼目，以不断之春水暗喻无穷之离愁，化抽象为具象，比喻贴切。

下片写想象中闺中少妇的离愁。陌上游子忧愁到极点，进而想象对方的相思情状："寸寸柔肠，盈盈粉泪。""寸寸""盈盈"两词写出了女子思绪的缠绵深切。"楼高莫近危阑倚"，这是行人的劝慰之辞，深情而体贴。希望她不要登高眺望他的踪影，因为"平芜尽处是春山，行人更在春山外"。即便她凭栏远眺，看到的也不过是一片杂草繁茂的原野以及原野尽头的春山。

词的品赏知识

宋代婉约派的部分代表词人

婉约词派是宋词中的主流，无论是词作数量还是词人数量都占大多数。宋代婉约派的代表词人有以下几位：

晏殊：晏词富于哲理、引人深思；珠圆玉润、气象富贵、格调闲雅；和婉明丽，为北宋倚声家初祖。

柳永：柳词情意凄凉而境界开阔，描写委曲而笔力矫健。《雨霖铃》即是其代表作。

欧阳修：欧词写得婉曲缠绵，情深语近，《生查子》将男女之情写得朴实生动，情意绵长。

玉楼春

◎欧阳修

尊前拟把归期说①,未语春容先惨咽。人生自是有情痴,此恨不关风与月②。

离歌且莫翻新阕③,一曲能教肠寸结。直须看尽洛城花,始共春风容易别。

注释

①拟把归期说:心中想把归期告诉对方。②风与月:指风月美景。③离歌:樽前所演唱的离别的歌曲。阕:量词,一首歌为一阕。

译文

我在饯别宴席上打算说说自己归来的日期,正要说时她就愁容惨淡,无语哽咽了。人本身就是痴情之物,这离恨与风月无关。

且不要唱那新翻的离歌,一曲唱完能叫人愁肠百结。只需要将洛阳的花儿看尽,才容易与洛阳的春风分手。

赏析

这首词作于词人离别洛阳和恋人话别之时,词境凄凉。

彼时词人西京留守推官任满,将要离开洛阳,恋人为他送行,两人心中无限凄凉。此地一别,两人不知何时才能再见。词人想虚构一个归期,安慰安慰对方,可话还没说出口,她就凄惨地呜咽起来。"人生自是有情痴,此恨不关风与月",这两句是词人对眼前情事的一种理念上的反省和思考,充满哲意。

随即词人由哲思重新返回到眼前的情事上来,这段写得分外凄伤。白居易在《杨柳枝》中有云"古歌旧曲君休听,听取新翻杨柳枝",这里反用其意,说无论旧曲新曲,都不能起到安慰人的作用,反而会增添离别之人的痛苦。末二句突然扬起，由先前离别时的哀伤转为豪兴。他认为既然"人生自是有情痴"，人的别情生来就有，无法借外力（离歌）排遣，不如让自己的感情得以充分抒发出来，这样它才不会郁结于心头。这首《玉楼春》关乎儿女情长，而词人能从其中发掘出哲理，确实难能可贵。

蝶恋花

◎ 欧阳修

庭院深深深几许？杨柳堆烟，帘幕无重数。玉勒雕鞍游冶处①，楼高不见章台路②。

雨横风狂三月暮，门掩黄昏，无计留春住。泪眼问花花不语，乱红飞过秋千去。

注释

①玉勒雕鞍：镶玉的马笼头和雕花的马鞍。游冶处：即冶游处。指歌楼妓馆。②章台：妓女住所的代称。

译文

庭院幽深，不知道有多深？那里杨柳丛丛，堆叠着烟雾，那里帘幕重重，不知有多少层。豪华的车马停在寻欢作乐的地方，家中虽有高楼，却望不见章台路。

雨横风狂，这是三月的一个傍晚，门掩住黄昏的景色，没有法子将春留住。带着眼泪问花花儿不语，那纷乱的落花反而飞过秋千去。

赏析

这是一首抒发闺怨的词作。词人通过对环境的渲染，着重描写了少妇独守空闺的寂寞心情。

上片描写闺中少妇所处的环境，以及其想见意中人而不得的心情。"庭院深深深几许？"首句连用三个"深"字，极写少妇所居庭院之幽深，衬托出她的寂寞。

"杨柳堆烟，帘幕无重数"，"堆烟"写庭院之静；"帘幕无重数"，进一步写闺阁之幽深封闭。这两句愈发烘托出闺中少妇的孤独与怨艾。

"玉勒雕鞍游冶处，楼高不见章台路"，原来这位女子的幽怨是因为丈夫的花心，他终日游荡于歌楼妓馆之中，不以她为念；而她却整日盼望夫君归来，伫立高楼，遥望他的身影，然而楼虽高，却仍然望不到丈夫游冶的地方。

下片写少妇的心情。"雨横风狂三月暮,门掩黄昏,无计留春住",暮春时节,思妇感物伤怀,她看到"雨横风狂"的景象,不禁生出"无计留春"的感慨来。这三句隐含着词人对岁月易逝、人生易老的感慨。

"泪眼问花花不语,乱红飞过秋千去",这两句为全篇警句,深得后人喜爱。这两句以眼前之景写少妇心中之情,写出了她的痴情与绝望,蕴藉深厚。"泪眼问花",她含着眼泪问花可知道她心中的怨恨,但花却不语,就连花儿也不同情她的遭际,一跃身"飞过秋千去"。

渔家傲

◎欧阳修

近日门前溪水涨，郎船几度偷相访。船小难开红斗帐，无计向①，合欢影里空惆怅②。

愿妾身为红菡萏③，年年生在秋江上。重愿郎为花底浪，无隔障，随风逐雨长来往。

注释

①无计向：无计可施。②合欢：并蒂而开的莲花。③菡（hàn）萏（dàn）：荷花。

译文

近日来门前溪水见涨，情郎几次偷偷划船来看我。船太小难以支起红色的斗形小帐，没办法，只能在合欢影中空自惆怅。

希望我是红色的荷花，年年生长在秋江上；再希望你为花底的浪花，没有障碍，随着风雨长相往来。

赏析

这是一首抒写爱情的词作。词以一水乡女子的口吻写出，借物喻人，热情歌咏了青年女子对爱情大胆而热烈的追求。

上片叙事。"近日门前溪水涨，郎船几度偷相访"，两人大概隔溪而居，平时见面的机会很少。只有趁溪水涨时，才能驾船偷偷相会。"几度"二字写出双方相爱之深；而"偷"字，则说明他们为秘密相爱。

"船小难开红斗帐，无计向，合欢影里空惆怅。"红斗帐，一种红色的斗形小帐，在古诗词中常象征着男女的好合。合欢，指并蒂而开的莲花。两人虽得以相见，但无奈船太小，支不开红斗帐，使两人不得好合。"合欢影里空惆怅"，这一句尤妙，将物和人对照起来，莲并蒂，而人却不能好合，这两句生动地表现出了男女主人公对影神伤的情态。

下片抒情。"愿妾身为红菡萏，年年生在秋江上"，这两句紧承上片莲花而来，设喻写情。红菡萏，即红荷花。面对秋江上的红荷花，女主人公不禁从心底生出这般愿望：她自己是年年开放于江上的荷花，而情郎为"花底浪"，两人从此"无隔障，随风逐雨长来往"。荷花与细浪是紧密相依的，女主人公借它来比喻情人间的亲密关系，生动而形象。

整首词集抒情与比兴为一体，语言通俗清新，富有民歌风味。

浪淘沙令

◎王安石

伊吕两衰翁①,历遍穷通。一为钓叟一耕佣。若使当时身不遇,老了英雄。

汤武偶相逢,风虎云龙。兴亡只在谈笑中。直至如今千载后,谁与争功!

注释

①伊吕:指伊尹、姜尚。

译文

伊尹、姜尚两个老翁,历遍了穷困和通达。一个曾是渔翁,一个曾是农夫。假使当时没有遇到赏识他们之人,英雄就会空老一生了。

偶然与商汤王、周武王相遇,便如龙得云助,虎得风势。兴亡只在谈笑之中。直到千载之后的今天,谁又能与他们争功!

赏析

这是一首咏史词。词人以史托今,借古贤臣伊尹和姜尚"历遍穷通"的际遇,以抒发自己获得宋神宗的知遇,在政治上大展宏图的得意之情。

上片写伊尹、姜尚政治失意的前半生。"伊吕两衰翁,历遍穷通",这两句总写两翁命运,他们历遍穷

⊙作者简介⊙

王安石(1021年—1086年),字介甫,号半山,晚号半山老人,临川(今属江西省)人。仁宗庆历二年(1042年)进士。神宗朝两度任相,实行变法。封舒国公,改封荆国公。赠太师,谥曰"文"。北宋著名政治改革家,也是杰出的思想家和文学家。诗文兼长,其诗对确立宋诗风格具有重要贡献,其文亦名列唐宋古文八大家之一。词作数量不多,却风格高峻豪迈,感慨深沉,别具一格。有《临川先生文集》、词作《半山词》等。

通。"一为钓叟一耕佣",这是写他们"穷"时的情况。伊尹曾为农夫,躬耕于有莘(莘,古国名,其地在今河南开封附近)之野。姜尚曾为渔夫,垂钓于渭水之滨。"若使当时身不遇,老了英雄",英雄想要大展宏图,还是需要等待时机的,如果伊尹、姜尚没有遇到成汤、周文王,两人纵然有济世之才,也会被埋没。

下片写两人通达的后半生。"汤武偶相逢"紧承上片结尾二句而来,一个"偶"字点明君臣遇合的偶然性。可是,一旦贤臣遇到明君,那就会出现"风虎云龙,兴亡只在谈笑中"的局面。"直至如今千载后,谁与争功",结尾是对伊尹、姜尚的歌颂,说他们功勋卓著,后人没有能够与之匹敌的。词人在歌颂伊、姜的不朽功业的同时,也是在激励自己,他也要像古贤臣一样,报答明君的知遇之恩,积极推行变法,立下千古不朽之功业。

桂枝香

◎王安石

登临送目，正故国晚秋①，天气初肃。千里澄江似练，翠峰如簇②。征帆去棹残阳里，背西风，酒旗斜矗。彩舟云淡，星河鹭起③，画图难足。

念往昔，繁华竞逐，叹门外楼头，悲恨相续。千古凭高对此，漫嗟荣辱。六朝旧事随流水，但寒烟衰草凝绿。至今商女④，时时犹唱，《后庭》遗曲。

注释

①故国：旧时的都城，指金陵。②如簇：这里指群峰好像丛聚在一起。簇，丛聚。③星河：银河，这里指长江。④商女：歌女。

译文

登高望远，正是古都（金陵）的晚秋时节，天气刚刚萧索起来。千里澄澈的长江好像一条白练，青翠的山峰峭拔如同一束束的箭镞。来来去去的船只在夕阳里航行，背着西风，酒旗斜立着。彩绘的小船出没在淡云间，江中小洲上的白鹭飞起，这美好的景色是难以描摹的。

回想往昔，（达官贵人们）竞相仿效追逐着豪华，感叹门外楼头的亡国悲剧代代相续。千古以来人们凭高面对此景，空自嗟叹兴亡。六朝的旧事随水而逝，只有寒冷的烟雾和衰萎的野草还凝聚着一片苍绿。至今，歌女们还时时唱那首《后庭》曲。

赏析

这是一首怀古之作，为历来以金陵怀古为主题的篇什中的佳作。词人通过对六朝的历史教训进行总结，抒发了人们在嗟叹兴亡之余却很少能从其中得出教训的感慨。

上片写登临所见。开头点明登临之事及节令气候。然后写登临所见之全景。"澄江似练",将江水比作白练,写出了江面青碧平静的特点。"翠峰如簇",将山峰比作箭镞,写出了金陵山川的陡拔形势。"归帆去棹残阳里"以下三句,由整体到局部,具体写帆船、酒旗、彩舟、鸥鹭等景物。最后以"画图难足"收尾,总括江山之美。

下片抒登临所感。词人所念者,为建都金陵的六朝统治者竞逐人世的奢华,荒淫误国;所叹者,为六朝政权更替之频繁。"千古凭高对此"至末句是词人对今人的感叹:千古以来人们登高凭吊,不过都是空发兴亡感慨,丝毫不吸取教训,以史为鉴,继续犯着古人的错误,沉溺于歌舞。"至今商女,时时犹唱,《后庭》遗曲",这几句化

用杜牧《泊秦淮》"商女不知亡国恨,隔江犹唱后庭花"诗意,指出六朝亡国的教训已被人们忘记了。

《古今词话》曾评此词:"金陵怀古,诸公寄调《桂枝香》者,三十余家,惟介甫为绝唱。东坡见之,叹曰:'此老乃野狐精也!'"

渔家傲

◎王安石

平岸小桥千嶂抱，柔兰一水萦花草。茅屋数间窗窈窕。尘不到，时时自有春风扫。

午枕觉来闻语鸟，欹眠似听朝鸡早。忽忆故人今总老。贪梦好，茫然忘了邯郸道①。

注释

①邯郸道：亦作"邯郸路"。比喻求取功名之道路；亦指仕途。

译文

平岸上小桥横跨，四面群山环绕，柔兰一水和花草周边环绕。几间茅屋，窗户幽深，纤尘不染，时时都有春风来清扫。

午睡醒来听到鸟叫，斜躺着似乎听到当年早朝时公鸡的报晓声。忽然想起往日的朋友如今都老了。贪恋美梦，茫茫然忘掉了功名利禄之想。

赏析

王安石退出政治舞台后，寄情山水，常借自然景物抒发自己的情感。这首山水词写出了他对仕途的厌倦，以及对大自然的无限向往。

"平岸小桥千嶂抱，柔蓝一水萦花草"，这两句写得清明娟秀，常为人称道，乃化他人诗句而来。吴聿《观林诗话》记王安石"尝于江上人家壁间见一绝，深味其首句'一江春水碧揉蓝'，为踌躇久之而去，已而作小词，有'平岸小桥千嶂抱，柔蓝一水萦花草'之句。盖追用其词。""柔蓝一水"，形容水色清碧，"柔"字轻盈贴切，形象生动，使整幅画面呈现出一种清新、宁静的色彩美。词人糅进前人诗意，描绘了一幅清灵秀丽的水乡风光图。

"茅屋数间窗窈窕。尘不到，时时自有春风扫"，这景象是多么清静呀,浑无人迹。"窈窕"二字写出了窗的幽深,反映出所居之处的深窈秀美。

"午枕觉来闻语鸟",这一句写出了词人那种妙合自然的恬淡心境,他悠然梦醒,与花鸟共忧喜、与山水通性情。"欹眠似听朝鸡早",词人听到窗外的鸟声,恍惚间竟以为是从政早朝时的"朝鸡"声。

但词人很快便又回到现实:"忽忆故人今总老。"往日那个壮志满怀的年轻人此时已经老去,归隐山

间了。那么老去的他有怎样一种心境呢?"贪梦好,茫然忘了邯郸道",此时的他贪爱闲淡的午梦,已抛却那建功立业的黄粱美梦了。

临江仙

◎晏几道

梦后楼台高锁，酒醒帘幕低垂。去年春恨却来时，落花人独立，微雨燕双飞。

记得小蘋初见①，两重心字罗衣②，琵琶弦上说相思。当时明月在，曾照彩云归③。

注释

①小蘋：词人友人家的歌女。
②两重心字：两个篆书心字结成的连环图案，象征男女心心相印。
③彩云：指小蘋。

译文

梦醒后只觉被高楼困锁，酒醉醒来帘幕低低垂落。去年春恨到来时，落花满地，我独自站立着，细雨里燕子双双飞翔。

记得与歌女小蘋初次相见，她穿着绣有两重心字的罗衣。通过弹奏琵琶诉说出自己的相思。当时的明月如今犹在，它曾照着彩云归去。

赏析

这是一首怀人之词，所怀之人为歌女小蘋。

"梦后楼台高锁，酒醒帘幕垂。去年春恨却来时"，这几句写词人在梦后、酒醒后的所见之景以及感

○作者简介○

晏几道，生卒年不详，字叔原，号小山，抚州临川（今属江西省）人。晏殊幼子，人称"小晏"。历任颍昌许田镇监、开封府推官。一生仕途失意，晚年家境中落，而不依傍权贵。能文善词，与乃父齐名，时称"二晏"。其词多写四时景物、男女情爱。善于写景抒情，语言和婉浓艳、精雕细琢，辞多感伤。有《小山词》。

受:楼台仍在,人却不在;帘幕低垂,却早已不见小蘋身影,往昔的欢乐在这暮春时节一并转为离恨,沉积在词人心间。"落花"承前句"春恨"而来,示伤春之感;"燕双飞"反衬出词人的孤寂心情。

"两重心字",这四个字常用来象征男女之间心心相印。这里词人有意借用小蘋穿的"心字罗衣"来暗示两人初见时便已经相互爱恋对方了。"琵琶弦上说相思",这是初见小蘋时的情景,她正借琵琶向词人传递自己的爱慕之情。"当时明月在,曾照彩云归",化用李白《宫中行乐词》"只愁歌舞散,化作彩云飞"两句,以"彩云"借指小蘋,既写出了小蘋的轻盈娇媚,又表达了佳人如彩云般易逝的感慨。

《小山词》自序中云:"始时,沈十二廉叔、陈十君宠,有莲、鸿、云、品清讴娱客。每得一解,即以草授诸儿,吾三人持酒听之,为一笑乐。已而,君宠疾废卧家,廉叔下世。

昔之狂篇醉句,遂与两家歌儿酒使,俱流转于人间。"本词中的小蘋即序中所说的家妓。

蝶恋花

◎晏几道

醉别西楼醒不记①，春梦秋云②，聚散真容易。斜月半窗还少睡，画屏闲展吴山翠③。

衣上酒痕诗里字，点点行行，总是凄凉意。红烛自怜无好计，夜寒空替人垂泪④。

注释

①西楼：即《临江仙》词所写之楼台。②春梦：春天的梦，多指恋情美梦。秋云：秋天的云。即《临江仙》之"彩云"。③吴山：吴地的山，泛指江南山水。吴，今浙江一带。④"红烛"两句：化用杜牧《赠别》诗意："蜡烛有心还惜别，替人垂泪到天明。"

译文

醉中告别西楼，醒来却浑然忘记，春天的好梦，秋天的云彩，聚散真是容易。斜月低至半窗，依旧难以成眠，画有吴地青山的屏风悠闲地展开着。

衣上的酒痕和诗里的字，一点点，一行行，总是凄凉的意绪。红烛虽然同情我，但也是束手无措，只好在夜里空自替人垂泪。

赏析

这是一首怀旧词，抒发离愁别绪，整首词弥漫着一种无可排遣的惆怅与悲凉。

"醉别西楼醒不记"，首句忆昔，点明"别"。"醉别"二字点出了离别时的情态：喝酒喝到酩酊大醉，说明当时宴饮的气氛是相当欢乐的。"西楼"为当日送别之地；"不记"二字写出了前欢似梦的感觉。

"春梦秋云，聚散真容易"，这里用春梦、秋云作比，抒发聚散无常之感。春梦美好而短暂，秋云明净而易逝，用它们来象征美好而不久长的情事，最为真切形象。

"斜月半窗还少睡,画屏闲展吴山翠",词人由对往事的追忆和伤叹中回到了眼前,只见斜月沉沉,画屏展翠。夜深人静仍旧未能入睡,可见别恨之深;词人此刻是心烦意乱的,那画屏上的江南山水此刻却显得特别平静悠闲,这"闲"字生动地传达了词人郁闷烦躁的心境。

"衣上酒痕诗里字,点点行行,总是凄凉意",词人因怀人而拣点旧物,"衣上酒痕",是西楼欢宴时留下的酒痕;"诗里字",是筵席上的酬唱词章。这酒痕和词章象征着过往的欢乐,那欢乐如今都化作了云烟,看到旧物,只能叫人心生凄凉。

"红烛自怜无好计,夜寒空替人垂泪",词人将红烛拟人化,说它无法留人,为离别而垂泪,将自己心中的哀伤和盘道出。

鹧鸪天

◎晏几道

　　小令尊前见玉箫①，银灯一曲太妖娆。歌中醉倒谁能恨？唱罢归来酒未消。

　　春悄悄，夜迢迢，碧云天共楚宫遥。梦魂惯得无拘检，又踏杨花过谢桥②。

注释

①玉箫：唐范摅《云溪友议》，韦皋与姜辅家侍婢玉箫有情，韦归，一别七年，玉箫遂绝食死，后再世，为韦侍妾。词中以玉箫指称酒宴上的一位歌女。②谢桥：谢秋娘家的桥。谢秋娘为唐代歌女。此处以谢桥指女子所居之地。

译文

　　歌宴酒席间见到了她，在璀璨的灯火中她歌唱一曲，实在是妖娆动人。在歌声中醉倒谁能感到遗憾？唱完回来后酒意仍然未消。

　　春天寂静，夜太漫长，碧云天与楚宫一般邈远。梦中的我惯于不受束缚，又踏着杨花经过谢桥。

赏析

　　这是一首爱情词，写的是词人对一位美丽歌女的怀念。

　　上片描写宴会中两人相逢的情景。"小令尊前见玉箫"，点明两人在歌会酒席上初次见面。"尊前"，指酒宴；"玉箫"，指代歌女。"银灯一曲太妖娆"，这一句写歌女丰姿，表露出词人的倾慕之情。

　　"歌中醉倒谁能恨，唱罢归来酒未消"，这两句词人转而对自己进行描写，一个"醉"字写出了他对歌女的绵绵情意。

　　下片抒发相思之情。"春悄悄，夜迢迢"，写归来后辗转反侧的情景。"春悄悄"与上片的歌宴在时间上是承接关系,却与前者的热闹气氛形成了鲜明对比;"夜迢迢"又与相见时的短暂欢乐形成对照,显示了词人对歌女的思念之情以及内心的孤独之意。"碧云天共楚宫遥",这一句写二人相隔之遥。两人之间的距离并不遥远,只是两人身份地位的差别,使得重会非常困难。

"梦魂惯得无拘检,又踏杨花过谢桥",既然现实中无法与伊人相会,那么便在梦中去寻觅意中人吧。"谢桥",指唐代名妓谢秋娘家的桥,这里指女子居处。末两句为全篇警句,词人以梦写情,将梦的美好与现实的落寞对照起来,道出了心中的深情与无奈。

据邵博《邵氏闻见后录》载,与晏几道同时的学者程颐,每听到人诵"梦魂"两句时,必笑曰:"鬼语也!"意甚赏之。

清平乐

◎晏几道

留人不住,醉解兰舟去。一棹碧涛春水路①,过尽晓莺啼处。渡头杨柳青青,枝枝叶叶离情。此后锦书休寄,画楼云雨无凭。

注释

①棹(zhào):船桨。此处指小船。

译文

留人留不住,她带着醉意,踏上兰舟离去。小船在碧波中一路前行,所经之处,清晨的黄莺鸣叫个不停。

渡头的杨柳十分青翠,一枝一叶叶都充满离情。以后不要再寄书信来,画楼上的欢情什么凭证也没有。

赏析

这首词为词人的心上人离他而去时所作。

"留人不住"四个字将送者、行者双方不同的情态描绘了出来:一个是再三挽留,一个是去意已决,毫无留恋之情。"醉解兰舟去",恋人喝醉了,一解开船缆就决绝地走了。"留"而"不住",又为末两句的怨语做了铺垫。

"一棹碧涛春水路,过尽晓莺啼处",这两句为词人想象中心上人一路上所经的风光:碧水粼粼,晓莺啼鸣,多么美好的春景呀。如此宜人的风景正是离别者轻松愉快的心境的象征,却愈发衬托出送行者之落寞。

"渡头杨柳青青,枝枝叶叶离情",这两句遥遥呼应"留人不住"句。兰舟消失后渡头空余青青柳色,这既是眼前的实景,也是词人主观感觉中的景物,词人因分别而倍感落寞,"枝枝叶叶"才因此而饱含"离情"。

那随风拂动的柳丝将词人的惆怅和落寞推至顶点，因而迸发出"此后锦书休寄，画楼云雨无凭"的决绝之语来。其实，这不过是负气之言，深情的词人怎么忘得了两人共同度过的美好时光呢！正是因为爱人决绝地离去令词人心生绝望，一时激动，才脱口说出那样决绝的话来，恰恰反映出词人内心对感情的无法割舍。结尾两句以怨写爱，表现了词人因多情而生出的种种矛盾情怀。

阮郎归

◎晏几道

旧香残粉似当初,人情恨不如。
一春犹有数行书,秋来书更疏①。
衾凤冷②,枕鸳孤③。愁肠待酒舒。
梦魂纵有也成虚,那堪和梦无?

注释

①疏:少,稀疏。②衾凤:绣有凤凰的被子。③枕鸳:绣有鸳鸯的枕头。

译文

旧日的香气和残留的粉迹还如当初一般,而人的情意却恨不如当初。春天尚能收到数行书信,但到了秋天书信更为稀少。

绣有凤凰的被子凉凉的,鸳鸯枕孤寂,一片愁肠等待酒来浇。纵然能在梦中见到她也是虚幻的,更何况连做梦也梦不见她呢?

赏析

这是一首思忆之作。

此词抒写的是居者思行者的情怀。作者在词中运用层层开剥的手法,把人物面对的情感矛盾逐步推上尖端,推向绝境,从而展示了人生当中一种不可解脱的深沉的痛苦。

"旧香残粉似当初,人情恨不如",将物与人比照起来写,说她所用之物仍旧如当初,而心却已经变了,真是人不如物。"一春犹有数行书,秋来书更疏",这两句感昔伤今,说她今年春天初去时还有几行书信寄来,到了秋天,书信越来越稀少了。上片四句,抒写了词人对薄情之人的满腔怨恨。

"衾凤冷,枕鸳孤",这两句写夜间实景,表明自己仍独守空床,没有移情于他人,并赋予了物象,以词中人清冷、孤寂的主观情感,将他的内心感受渲染得淋漓尽致。

人一旦心中忧愁,便很自然地要借酒浇愁,殊不知借酒浇愁愁更愁。联系下两句来看,那愁不仅没有排解,反而又添新的惆怅。酒徒然增添了他的相思之情,他竟要去梦中寻找她!可结果却是,连梦中都不见她的芳踪。词人就这样层层递进,一直把感情挥发到无可回旋之境。

水调歌头

◎苏轼

丙辰中秋①,欢饮达旦,大醉,作此篇,兼怀子由②。

明月几时有?把酒问青天③。不知天上宫阙④,今夕是何年。我欲乘风归去,又恐琼楼玉宇⑤,高处不胜寒。起舞弄清影⑥,何似在人间。

转朱阁⑦,低绮户⑧,照无眠。不应有恨,何事长向别时圆?人有悲欢离合,月有阴晴圆缺,此事古难全。但愿人长久,千里共婵娟⑨。

注 释

①丙辰:熙宁九年(1076)。
②子由:苏轼的弟弟苏辙的字。
③把酒:端起酒杯。④阙:皇宫门前两边供瞭望的楼。⑤琼楼玉宇:美玉砌成的楼宇,指想象中的仙宫。⑥弄:赏玩。⑦朱阁:朱红的楼阁。⑧绮户:雕花门窗。⑨婵娟:月亮的美称。

译 文

明月从何时才有?我端起酒杯询问青天。不知道在天上的宫殿,

⊙作者简介⊙

苏轼(1036年—1101年),字子瞻,号东坡居士,眉州眉山(今属四川省)人。仁宗嘉祐二年(1057年)进士。曾任翰林学士、礼部尚书等职,因党争多次遭贬。赠太师,谥"文忠"。北宋中期文坛领袖,其文学创作代表了宋代文学的最高水平。与父洵、弟辙合称"三苏",俱入唐宋古文八大家之列。其诗与黄庭坚并称"苏黄",为宋诗的代表;其词与辛弃疾并称"苏辛",在题材、风格、意境等方面都做了开拓和创新,是豪放词派的开创者。在书画方面也造诣精深。有《东坡七集》《东坡乐府》等。

今晚是哪年。我想要乘风回到天上，又怕居于月宫美玉砌成的楼阁中，禁受不住高耸九天的寒冷。我婆娑起舞玩赏着月下清影，这哪里像在人间呢？

月儿转过朱红色的楼阁，低挂在雕花的窗户间，照着无法入眠的人。明月不该心含怨恨吧，为何偏在人们离别时才圆呢？人有悲欢离合的变迁，月有阴晴圆缺的转换，自古以来莫不如此，难以周全。但愿亲人能平安健康，虽然相隔千里，也能共享这美好的月光。

赏析

这是一首望月怀人之作。中秋之夜，远谪密州的词人把酒赏月，圆圆的月儿引起了词人对弟弟苏辙的深深怀念。词人驰骋想象，创造出一种皓月当空、美人千里、孤高旷远的境界，抒发了自己对理想世界的向往，在月的阴晴圆缺当中，渗进浓厚的哲学意味。

上片把酒望月。"明月几时有？把酒问青天"，这两句化用李白的《把

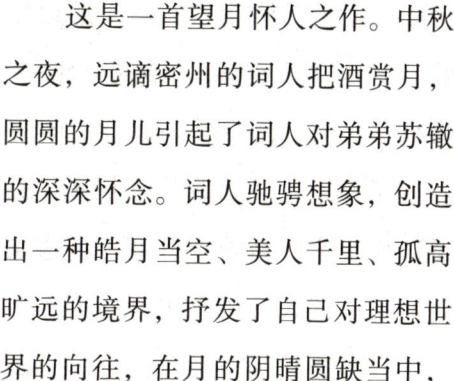

酒问月》诗"青天有月来几时?我今停杯一问之"而来,点明饮酒赏月。

面对着浩渺宇宙,词人继续发问:"不知天上宫阙,今夕是何年?"将自己对明月的赞美与向往之情更推进了一层。"我欲乘风归去,又恐琼楼玉宇,高处不胜寒",这几句写出了词人徘徊于出世与入世之间的矛盾心理。幻想中的仙境引发词人的出世之想,但经过再三考虑,还是留恋人间的温暖。

"起舞弄清影,何似在人间。"人间自有可乐处,在人间也能舞出不一样的境界。这两句写出了词人月下起舞的飘逸之姿,反映出他乐观旷达的生活态度。

下片对月怀人。"转朱阁,低绮户,照无眠"写离人:中秋佳节,同自己一样不能与亲人团圆的人不知有多少。转、低、照三个字写月亮的移动顺序,一字不可动。

"不应有恨,何事长向别时圆",这两句以埋怨的语气发问,看似无理,却衬托出词人对胞弟苏辙的无限

> **词的品赏知识**
>
> **豪放派的特色**
>
> 　　就题材来说,豪放派完全突破了词为"艳科"的藩篱,将山川景物、记游咏物、农舍风光以及吊古感旧、说理抒怀等都大量写入词中。在表现形式上,豪放派则不为形式所羁,不拘泥于词的音律及语言的工丽,而是充分调动形式为表现内容服务。就表现手法上来看,豪放派写景则大笔勾勒,朴实明快,抒情则直写胸臆。
>
> 　　苏轼这首《水调歌头》就是豪放词的代表作之一,不做小儿女语,气象阔大,在与明月的对话中探讨着人生的意义。既有理趣,又有情趣,很耐人寻味。

情意,以及表示出了对离人们的深深同情。

在情与理的矛盾冲突中,词人最终还是清醒地把握住了现实,道出了一个永恒的真理:"人有悲欢离合,月有阴晴圆缺,此事古难全。"词人个人的离愁在这一刻得到了消解,卸下了心事的他向人世间发出了最美好的祝愿:"但愿人长久,千里共婵娟。"既然人间的离别是难免的,那么只要亲人长久健在,即使远隔千里也还可以通过普照世界的明月把两地联系起来,把彼此的心沟通在一起。

这首词堪称中秋词之绝唱,胡仔《苕溪渔隐丛话》高度评赞说:"中秋词,自东坡《水调歌头》一出,余词尽废。"

定风波

◎苏轼

常羡人间琢玉郎①，天应乞与点酥娘②。尽道清歌传皓齿，风起，雪飞炎海变清凉。

万里归来颜愈少，微笑，笑时犹带岭梅香。试问岭南应不好，却道："此心安处是吾乡。"

注 释

①琢玉郎：指王巩。卢仝《与马异结交诗》："白玉璞里琢出相思心，黄金矿里铸出相思泪。"②点酥娘：指柔奴。点酥，制作糕点时的一种裱花工艺。这里比喻柔美。

译 文

我常常羡慕人间的琢玉郎，就是上天也怜惜他，把美丽的女子赐予了他。人人称道那清歌从女子洁白的牙齿中传出，一阵风起，雪花霎时飘落使炎热的大海清凉。

从万里之外回来愈发变得年轻了，微笑着，笑的时候好像还带着岭南梅花的清香。我问岭南应该不是个好地方吧，她却说："这心安的地方就是我的故乡。"

赏 析

王巩为词人好友，因乌台诗案受牵连被贬谪到岭南。在他受贬时，其歌伎柔奴毅然随行到岭南。元丰六年（1083），柔奴陪伴王巩贬谪南方回来，与词人问答。词人问及广南风土，柔奴答以"此心安处，便是吾乡"，词人听后，大受感动，因而写下此词来赞美她。

上片写柔奴的美貌与才情。"常羡人间琢玉郎，天应乞与点酥娘"，这两句总写柔奴的美丽，她天生丽质、温柔可爱。

"道尽清歌传皓齿，风起，雪飞炎海变清凉"，这两句写柔奴的才情，她通晓音律，能自作歌曲，并且善唱，歌声悦耳。词人将柔奴沁人心脾的歌声比喻成飞雪，表现了柔奴歌声独特的艺术魅力。

下片刻画柔奴的内在美。"万里归来颜愈少"，这一句写岭南归来后柔奴的神态，洋溢着词人对于身处逆境而甘之若饴的柔奴的赞美之情。"微笑"二字写出了柔奴在归来后的欢欣中透露出的度过艰难岁月的自豪感。"微笑，笑时犹带岭梅香"，这句话弥漫着浓厚诗意，既写出了柔奴北归时经过大庾岭时，这一沟通岭南岭北咽喉要道上梅花盛开的情况，又以斗霜傲雪的寒梅喻人，赞美柔奴不畏艰难的刚强意志。

"试问岭南应不好，却道：'此心安处是吾乡。'"这是词人和柔奴的对答之词，柔奴的回答铿锵有力，情味隽永，引起人无限敬意。

念奴娇 赤壁怀古

◎苏轼

大江东去,浪淘尽、千古风流人物①。故垒西边,人道是、三国周郎赤壁②。乱石崩云,惊涛裂岸,卷起千堆雪。江山如画,一时多少豪杰。

遥想公瑾当年③,小乔初嫁了,雄姿英发。羽扇纶巾④,谈笑间、樯橹灰飞烟灭⑤。故国神游,多情应笑我,早生华发。人生如梦,一樽还酹江月⑥。

注释

①风流人物:杰出人物。②周郎:周瑜。据《三国志·吴志·周瑜传》载,周瑜年二十四为中郎将,吴中皆呼为周郎。③公瑾:周瑜的字。小乔:周瑜的妻子。④羽扇纶(guān)巾:鸟羽做成的扇和青丝带做成的头巾。⑤樯(qiáng)橹(lǔ):桅杆与船橹。这里指曹军的船舰。⑥酹(lèi):以酒洒地,用以敬月。

译文

滚滚长江向东流去,千百年来的英雄豪杰,都被滚滚的波浪冲刷掉了。旧营垒的西边,人们说,那是三国时周郎大破曹兵的赤壁。参差的石壁插入天空,惊人的巨浪拍打着江岸,卷起千堆洁白如雪的浪花。江山如画般美丽,那时期出了多少英雄豪杰啊!

遥想当年的公瑾,小乔刚刚嫁了过来,他姿态卓绝,意气风发。手里拿着羽毛扇,头上戴着青丝帛的头巾,谈笑之间,敌军的战船在烈火中烧成灰烬。神游故国(战场),应该笑我太多愁善感,以致过早地生出白发。人生就如一场大梦,还是献杯酒给江上的明月吧!

赏析

此词为词人贬官黄州后游赤壁

所作。赤壁奇伟的景色令词人豪情迸发，感慨万千，通过对赤壁之战主角周瑜的追思，表达了词人对先贤的仰慕之情。

上片写古战场的雄奇之景。"大江东去，浪淘尽、千古风流人物"，词人由物兴感，既写出了长江的气势，又寓含了词人关于人事的感叹：既然千古风流人物尚且湮灭在历史的长空里，那么一己之荣辱穷达又有什么值得悲叹的呢？随即进入对赤壁之战的追怀，引出所咏之风流人物。"崩""裂""卷"几个字的运用，形象生动地刻画出了古战场形势的险要。"江山如画"，总括景物特点。"一时多少豪杰"则又由景物过渡到人事。

下片着意刻画周瑜。"遥想公瑾当年，小乔初嫁了，雄姿英发"，下片首三句概括周瑜的英雄气质，他才华横溢，年轻有为；美人相伴身边，意气风发。"羽扇纶巾，谈笑间、樯橹灰飞烟灭"，这三句极写周瑜之儒雅淡定，进一步突出人物风姿。"故国神游，多情应笑我，早生华发"，词人由周郎联想到自身：与周瑜的年少有为相比，自己是多么落魄呀，满头白发，却还功名未就。"人生如梦，一樽还酹江月"，词人心中的愁绪无法排遣，便强作旷达之语，说人生既然如梦，就不必太过执着，不如端起酒杯纵饮，寄情自然。

西江月

◎苏轼

世事一场大梦①，人生几度秋凉？夜来风叶已鸣廊②，看取眉头鬓上。

酒贱常愁客少，月明多被云妨。中秋谁与共孤光，把盏凄凉北望。

注释

①世事一场大梦：《庄子·齐物论》："且有大觉，而后知其大梦也。"李白《春日醉起言志》："处世若大梦，胡为劳其生。"②风叶已鸣廊：《淮南子·说山训》："见一叶落而知岁之将暮。"徐寅《人生几何赋》："落叶辞柯，人生几何。"此由风叶鸣廊联想到人生之短暂。

译文

世事就如一场大梦，人生能经历几番这样的初凉节气？晚上秋风吹叶，叶子在回廊上发出哗哗的声响，看看我的眉毛和头发，皆染秋霜。

酒容易得而同饮的客人却很稀少，明月经常被浮云遮蔽。中秋佳节谁与我一道同赏孤冷的月光？举着酒盏我朝北望去，心中无限凄凉。

赏析

这首词作于词人因乌台诗案受贬后的第一个中秋夜，为一封书信，是苏轼兄弟的唱和之作。这首词词调低沉、凄婉，真实地反映了词人受挫后的苦闷心情。

词的上片寓情于景，感叹世事如梦，人生短促。"世事一场大梦"，这是词人对于人生意义的探索而发出的感叹。他感叹人生虚幻如梦，体现了政治失意的词人对人生意义的怀疑，对苦难人生的厌倦以及企图摆脱痛苦的心情。"人生几度秋凉"，蕴涵着词人对于逝水流年的无限惋惜和悲叹。

"夜来风叶已鸣廊，看取眉头

鬓上"，这是悲秋之声。词人借季节的更替进一步唱出了时光易逝的哀婉曲调，抒发了他心中无法摆脱的忧闷。

下片借景抒怀，感叹世道的险恶，人生的寂寞。"酒贱常愁客少"，远迁的词人把盏赏月，异常孤独。"月明多被云妨"，这里采用象征手法，以月喻自己，以云喻奸臣，含蓄地道出了小人当道，排斥善类的世情，并抒发了词人对世态炎凉的感愤。

"中秋谁与共孤光，把盏凄凉北望。"中秋之夜，本应该是合家团圆的幸福时刻，但词人孤身一人，只能独自赏月。"北望"二字之中包含了词人几多情思，有对亲人的浓浓思念，有对国事的深切忧虑，也有对自己被重新启用的渴望。

临江仙

◎苏轼

夜饮东坡醒复醉,归来仿佛三更。家童鼻息已雷鸣。敲门都不应,倚杖听江声。

长恨此身非我有,何时忘却营营①?夜阑风静縠纹平②。小舟从此逝,江海寄余生。

注释

①营营:追求奔逐。语出《庄子·庚桑楚》:"全汝形,抱汝生,勿使汝思虑营营。"②阑:残,尽。縠纹:比喻水波细纹。縠,绉纱。

译文

东坡夜里饮酒,饮了醉,醉了饮,回来好像都已经三更了。家童已经鼻息如雷。我用力敲门都不见应答,于是只好倚着拐杖听滔滔的江声。

长恨我的身子非我独有,什么时候才能忘却那虚名浮利?夜将尽,风也停息下来,江上如绉纱一般的波纹也变得平整了。我多想乘舟而去,寄身于江海。

赏析

这首词作于神宗元丰五年(1082年),写的是词人与友人夜饮雪堂,回到自己在黄州的住处临皋后的所见所感。

上片写醉酒归来。苏轼被贬黄州,是戴罪之身,不仅不能签署公事,连行动都受到限制,为了防止言多有失,诗人只能经常闭门不出。处境的变化,让他深深地感受到世态炎凉、人情冷暖。"夜饮东坡醒复醉,归来仿佛三更",心中愁苦,经常借酒浇愁就成了很自然的事情。"醒复醉"三字将他这种心境表现得淋漓尽致。"仿佛"二字恰当地表现了他当时半醉半醒的神态。

"家童鼻息已雷鸣。敲门都不应,倚杖听江声",喝完酒回到家的时候已经是深更半夜,因为家童熟睡，怎么敲门都无人应答，词人无法进屋，只能倚门而立，耳边传来阵阵江声，不禁生出无尽的感慨。这三句为下片抒发感慨埋下了伏笔。

下片抒情。"长恨此身非我有，何时忘却营营"，这两句词化用庄子"汝身非汝有也""全汝形，抱汝生，无使汝思虑营营"之言，表现了词人对自己遭际的感叹，他感叹自己大半生为那浮名虚利所牵绊，并表达出一种无法解脱而又要求解脱的人生困惑与感伤。

"夜阑风静縠纹平。小舟从此逝，江海寄余生"，夜晚江上静谧的景象使词人生发出出世之想，他要寄情江海，以求摆脱内心的苦闷。

定风波

◎苏轼

三月七日,沙湖道中遇雨①。雨具先去②,同行皆狼狈,余独不觉。已而遂晴,故作此。

莫听穿林打叶声,何妨吟啸且徐行。竹杖芒鞋轻胜马③,谁怕?一蓑烟雨任平生。

料峭春风吹酒醒,微冷。山头斜照却相迎。回首向来萧瑟处,归去,也无风雨也无晴。

注释

①沙湖:在今湖北黄冈东南三十里。②雨具先去:指带着雨具的人先走了。③芒鞋:草鞋。

译文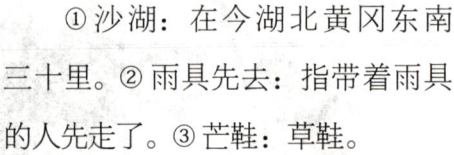

不要去听那穿林打叶的雨声,为什么不一边吟诗啸歌,一边悠然地行走呢?竹杖和草鞋轻便得更胜过马,怕什么?一身蓑衣,足够在风雨中过上一生。

略带寒意的春风将我的酒意吹醒,微微有些寒冷,山头的斜阳却殷勤相迎。回头望一眼刚刚走过的遇到风雨的地方,我信步归去,既无所谓风雨,也无所谓天晴。

赏析

这首词作于元丰五年(1082年),是时词人因乌台诗案被贬黄州。词人通过野外途中偶遇风雨这一生活中的小事,展示了他旷达洒脱的胸襟。

"莫听穿林打叶声,何妨吟啸且徐行",首二句点题,展示了词人超越荣辱得失,任凭风雨肆掠,始终坚持自己的人生信仰。"竹杖芒鞋轻胜马",这句写得俏皮,传达出一种不畏风雨、笑傲人生的自在与轻松。"谁怕?一蓑烟雨任平生",词人由眼前风雨联想到人生旅程中的风雨,说要以平和的心态来面对人生的坎坷与崎岖。

"料峭春风吹酒醒,微冷。山头斜照却相迎",这三句写雨过天晴的景象,既与上片所写风雨对应,又为下文所发人生感慨作铺垫。"回首向来萧瑟处,归去,也无风雨也无晴",末三句饱含人生哲理的意味,感叹无论是雨斜风狂,还是阳光普照,不过都属寻常现象,毫无差异。而人生也是如此,只要心境平和,宠与辱毫无区别。这里反映出词人不以物喜、不以己悲的人生态度。

这首词写平常生活经历,却充满了人生哲理。

江城子 乙卯正月二十日夜记梦

◎苏轼

十年生死两茫茫①，不思量，自难忘。千里孤坟，无处话凄凉。纵使相逢应不识，尘满面，鬓如霜。

夜来幽梦忽还乡，小轩窗②，正梳妆。相顾无言，惟有泪千行。料得年年肠断处，明月夜，短松冈③。

注释

①十年：词人妻子王弗于宋英宗治平二年（1065年）去世，到写作此词已经十年。②轩窗：门窗。③短松冈：植满松树的小山冈。此处指墓地。

译文

十年了，一生一死两处隔绝，茫茫渺远。不去思念你，却本来就难以忘情。你的孤坟距此千里之遥，没有办法跟你诉说心中的凄凉呀。即使相逢你也认不出我了吧，如今我已灰尘满面，鬓发如霜。

晚上忽然在幽闷的梦境中回到了家乡，你正在小窗前对镜梳妆。两人互相望着，脉脉无言，只有千行泪水。料想那每年令我断肠的地方，就是那被明月轻笼、上头生着短小松柏的孤坟。

赏析

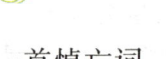

这是一首悼亡词，表达了词人对亡妻深挚的情感和无尽哀思。

上片抒发对亡妻的思念。"十年生死两茫茫"，这首词写于熙宁八年（1075），距妻子王弗辞世已有十年。对于短促的人生来说十年可不算短，但十年过去仍旧没有冲淡词人对亡妻的一片深情。

"不思量，自难忘"，既然想到妻子是如此痛苦，那就不去思量吧，但这由不得词人，即便他百般排遣，那思念之情却总是不由自主地从心底涌出，可见其用情之深切。

"千里孤坟，无处话凄凉"，

词人此时在密州，亡妻之坟在四川，"千里"二字写出两人距离之遥。"无处话凄凉"，由于相隔千里，那对妻子的思念之情也不能去她坟头诉说。

但接着词人转念一想："纵使相逢应不识，尘满面，鬓如霜。"算了吧，现在的我早已是两鬓斑白，纵然相逢，你也不一定认得出我了，这是多么哀伤酸楚的叹息呀！

下片写梦见亡妻的情景。"夜来幽梦忽还乡，小轩窗，正梳妆"，日有所思夜有所梦，词人日间思念妻子，晚上便梦到了与妻子重逢，他看见妻子正临着小窗梳妆。"相顾无言，惟有泪千行"，这两句上应"千里孤坟"两句，如今得以"还乡"重逢，本该尽情"话凄凉"，然而，千言万语却一时不知从哪里说起，只能一任泪水涌流。"料得年年肠断处，明月夜，短松冈"三句写梦醒后感叹，直抒对妻子的怀念。

本词通篇白描，语浅情深，是词人情感的真情流露，为悼亡词中绝唱。

江城子 密州出猎

◎苏轼

老夫聊发少年狂①，左牵黄，右擎苍②。锦帽貂裘，千骑卷平冈。为报倾城随太守，亲射虎，看孙郎③。

酒酣胸胆尚开张。鬓微霜，又何妨！持节云中，何日遣冯唐④？会挽雕弓如满月，西北望，射天狼⑤。

注释

①聊：姑且。②左牵黄，右擎苍：左手牵着黄狗，右臂擎着苍鹰。《梁书·张充传》："值充出猎，左手臂鹰，右手牵狗。"③孙郎：孙权，这里是词人自指。④持节云中，何日遣冯唐：《史记·冯唐列传》载，汉文帝时，魏尚为云中(汉时的郡名，在今内蒙古自治区托克托县一带，包括山西西北部分地区)太守。他功勋卓著，匈奴远避。一次匈奴曾来犯，魏尚亲率车骑出击，所杀甚众。后因报功时多报六颗首级，被削职。经冯唐代为辩白后，认为判得过重，文帝就派冯唐"持节"(带着传达圣旨的符节)去赦免魏尚的罪，让魏尚仍然担任云中郡太守。此处词人以魏尚自许，希望能得到朝廷的重新任用。⑤天狼：星名，一称犬星，主侵掠，这里引指西夏。

译文

老夫我姑且发一发少年的热狂，左手牵着犬黄，右手举起鹰苍。戴上锦帽穿好貂皮裘，率领数千骑兵随从席卷平缓的山冈。为了报答全城的人跟随太守我出猎的热情，看我来亲自射杀猛虎犹如昔日的孙郎。

我虽醉意醺醺但却胸怀开阔，胆气横生，鬓边虽微染秋霜，但这又有何妨！什么时候像汉文帝派遣冯唐一般朝廷派人手拿符节来云中将我赦免。我将使尽力气拉满雕弓，朝着西北瞄望,奋勇射杀敌人。

赏析

这是一首描述狩猎的词,作于熙宁八年(1075年)冬,词人时任密州知州。这首词是宋人较早抒发爱国情怀的一首豪放词,在题材和意境方面都具有开拓意义。苏轼少有壮志,但仕途坎坷,密州时期,他的生活依旧是寂寞和失意的。郁积愈久,喷发愈烈,词人通过对狩猎盛况的描述,表达了他立功边陲的心愿。

上片写出猎。"老夫聊发少年狂",起句便气势不凡,一"狂"字笼罩全篇。

"左牵黄,左擎苍",左手牵着黄狗,右臂架着苍鹰,这是何等威武。

"锦帽貂裘,千骑卷平冈",一个"卷"字写出了太守狩猎队伍的雄壮气势。

"为报倾城随太守,亲射虎,看孙郎",百姓倾城出动,观看他们爱戴的太守行猎,又为这幅行猎图增添了声势。而太守为了不负众望,他决心亲自射杀老虎,让大家

看看孙权当年搏虎的雄姿。

下片承前进一步写"老夫"的"狂"态，即自己的雄心壮志。出猎之际，词人痛痛快快地喝了一顿酒，意兴正浓，胆气更壮，尽管夫子老矣，鬓发斑白，但这又有什么关系呢！

"酒酣胸胆尚开张。鬓微霜，又何妨"三句表现出词人烈士暮年壮心未已的英雄本色，写得十分有气势，其意旨直贯篇末。

"持节云中，何日遣冯唐"，这里词人用了一个典故：汉文帝时，魏尚为云中太守，抵御匈奴有功，只因报功时多报了六个首级而获罪削职。后来，文帝采纳了冯唐的劝谏，派冯唐持符节到云中去赦免了魏尚。词人以西汉魏尚自况，希望朝廷能派遣冯唐一样的使臣，前来召自己回朝，得到朝廷的信任和重用。

"会挽雕弓如满月，西北望，射天狼"，"天狼"，喻指辽和西夏。词人借着出猎的豪兴，将自己的愿望和盘托出，表达了自己渴望报国杀敌、建功立业的雄心壮志。

词本"昵昵女儿语"，苏轼的这首词则出现了"划然变轩昂"的场面，它上片出猎，下片请战，有

词的品赏知识

苏词对宋词的革新

提高词品。自《花间集》至柳永，始终不脱"词为艳科"的范围，这些花柳之词，冶荡之音，与正统的言志、载道的诗文相比，自然厥品甚卑，宋时以词为"小道""小技"，殆非无故。苏轼"以诗为词"，就把词家"缘情"与诗家"言志"结合起来，文章道德与儿女私情，于是并见乎词，这就提高了词的格调。这首《江城子·密州出猎》，兼有词家"缘情"和诗家"言志"的特点，表达了作者爱国，想要为国杀敌、报答国家的胸怀。

扩大词境。苏东坡在深谙事物之理的基础上，对他领悟到的创作原理运用得灵活自如，无论作诗，还是作词，"无适而不可"。苏轼为词境拓土开疆，使词走出了花间小径，涌进了生活的波涛。这首《江城子·密州出猎》，境界阔大，气魄雄壮，充分表现出了苏词雄奇阔大的艺术风格。

"横槊赋诗"的气概。词中历来香而软的儿女柔情，换上了报国立功、刚强壮武的英雄事业。

这首《江城子·密州出猎》感情纵横奔放，韵调铿锵，气势雄浑，感情奔放，境界开阔，从艺术表现力来看，词中一连串表现动态的词，如发、牵、擎、卷、射、挽、望等，十分生动形象。此外，这首词表现出了作者的广阔胸襟，情感兴趣，希望理想，姿态横生。

苏轼在给友人的信中写道："近却颇作小词，虽无柳七郎风味，亦自是一家。……数日前，猎于郊外，所获颇多，作得一阕，令东州壮士抵掌顿足而歌之，吹笛击鼓以为节，颇壮观也。"苏轼的这首词一反"诗庄词媚"的传统观念，"一洗绮罗香泽之态，摆脱绸缪宛转之度"，不仅拓宽了词的境界，而且还树起了词风词格的另一旗帜。

这现实中的"射虎"太守和理想中的"挽雕弓""射天狼"的壮士形象，继范仲淹《渔家傲》词后进一步改变了以红粉佳人、绮筵公子为主要抒情主人公的词坛格局。苏轼让充满进取精神、胸怀远大理想、富有激情和生命力的仁人志士昂首进入词的世界，改变了词作原有的柔软情调，开启了南宋辛派词人的先河。

永遇乐

◎苏轼

彭城夜宿燕子楼①,梦盼盼,因作此词。

明月如霜,好风如水,清景无限。曲港跳鱼,圆荷泻露,寂寞无人见。紞如三鼓②,铿然一叶③,黯黯梦云惊断④。夜茫茫,重寻无处,觉来小园行遍。

天涯倦客,山中归路,望断故园心眼⑤。燕子楼空,佳人何在?空锁楼中燕。古今如梦,何曾梦觉,但有旧欢新怨。异时对,黄楼夜景⑥,为余浩叹。

注释

①彭城:今江苏徐州。燕子楼:唐朝时徐州尚书张建封为其爱妾盼盼在宅邸所筑的小楼。②紞如:击鼓声。③铿然:形容清越的声响。④梦云:典出宋玉《高唐赋》楚王梦见神女自云:"朝为行云,暮为行雨。"云,这里比喻好梦。惊断:惊醒。⑤心眼:心愿。⑥黄楼:徐州东门上的大楼,是苏轼担任徐州知州期间所建造。

译文

明月洁白如霜,好风清凉如水,清景无限。曲折的水渠中,鱼儿跳出水面,圆圆的荷叶上,露珠落下,四周这样寂静美景无人瞧见。三更鼓声,一片树叶铿然落地,惊断了我的好梦,使得我不免黯然。夜色茫茫,重新寻梦却再也找不到梦中好景了,醒后我寻遍了小园。

漂泊天涯而感到疲倦的游子,想着那山中的归路,简直要将故乡望断。燕子楼空空荡荡,佳人又在哪里呢?空自锁着楼中双燕。古今都如梦,何曾有人醒来呢?只有旧日欢情、新来恩怨。后人再对着黄

楼夜景,当会为我叹息吧。

赏析

这首词写于宋神宗元丰元年(1078年)苏轼任徐州知州时。由题记可知,词为词人夜宿江苏彭城燕子楼,梦到以前居住在这里的唐代张建封御史之爱妾关盼盼所作。题作"梦盼盼",实为一首怀古之作,抒发古今如梦的人生感慨。

上片写秋景及梦醒后的怅惘情怀。"明月如霜,好风如水,清景无限",三句总写清秋夜景。以霜、水分别喻月、风,写出了月色的皎

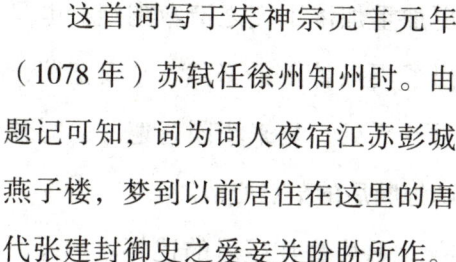

洁清寒,风的清凉柔和。

接着由整体写到局部,由寥廓写到细微:"曲港跳鱼,圆荷泻露,寂寞无人见。"一"曲"一"圆",线条流畅,写出了错落的美感。一"跳"一"泻",为寂静的画面增添了动感。此情此景,暗写出了梦境的甜美安谧。

"紞如三鼓,铿然一叶,黯黯梦云惊断",只是三更时候的铿然鼓声才扰人清梦,使清景顿失。"紞如"和"铿然"写出了声之清晰,更加重加浓了夜之清寂幽绝,也写出了更鼓惊梦的必然。"夜茫茫,重寻无处,觉来小园行遍",写梦魂惊断后的茫然心情。

下片是梦醒后的述怀。"天涯倦客,山中归路,望断故园心眼",写梦醒后的心境。梦中奇遇的破灭令词人越发感到漂泊天涯的孤寂与

词的品赏知识

豪放派的形成与发展（一）

豪放派的形成与发展大约分为预备、奠基、顶峰、延续四个阶段。

预备——范仲淹的《渔家傲·塞下秋来风景异》，开豪放词先河。

奠基——苏轼发扬北宋诗文革新运动精神，大力提倡写壮词，正式开创了与婉约派并立的豪放派。这首《永遇乐》的序言中虽写梦盼盼，似在写一青楼女子，实则在凭古咏怀，寓含哲理，发人深省。

对作客他乡的厌倦，心中不免要生出一片浓浓的思乡之情来。

"燕子楼空，佳人何在？空锁楼中燕"，词人欲归不能，人亡物在、人去楼空的现实更增加了其心中之痛楚与辛酸。

"古今如梦，何曾梦觉，但有旧欢新怨"三句引出人生感慨。词人由古时的盼盼联系到此时的自己，由盼盼的旧欢新怨，联系到自己的旧欢新怨，发出了人生如梦的慨叹，表达了作者无法解脱而又要求解脱的对整个人生的厌倦和感伤。由古代燕子楼中的佳人到此日登楼览感的倦客，再到古今所有的芸芸众生，无一不是寄身梦中。

"异时对，黄楼夜景，为余浩叹"，末三句感叹"后之视今亦犹今之视昔"，说后来人再登黄楼，恐怕也有人发出如今天的"我"一般的浩叹。

这首词集情、景、理于一炉，情从景出，情景交融；理从情出，情理合一，体现出一种人生感悟。

浣溪沙

◎ 苏轼

游蕲水清泉寺，寺临兰溪，溪水西流。

山下兰芽短浸溪，松间沙路净无泥。潇潇暮雨子规啼。
谁道人生无再少？门前流水尚能西！休将白发唱黄鸡①。

注释

① 黄鸡：白居易《醉歌》诗有"谁道使君不解饮，听唱黄鸡与白日。黄鸡催晓丑时鸣，白日催年酉前没。腰间红绶系未稳，镜里朱颜看已失"诸句，为嗟老叹衰之词。

译文

山脚下短短的兰芽浸入小溪，松林间沙路十分干净，没有泥污，傍晚细雨中传来布谷鸟阵阵啼叫声。

谁说人生不可能再度年少？门前的流水尚且能向西奔流！不要到满头白发时再自伤衰老。

赏析

这首词为词人被贬黄州期间所作，展示了词人身处逆境而仍然乐观昂扬的精神面貌。

上片描写暮春时节兰溪的清幽

词的品赏知识

豪放派的形成与发展（二）

顶峰——苏轼之后，经贺铸中传，加上靖康事变的引发，豪放词派获得迅猛发展，集为大成。这一时期除产生了豪放词领袖辛弃疾外，还有李纲、陈与义、叶梦得、朱敦儒、张元幹、张孝祥、陆游、陈亮、刘过等一大批杰出的词人。

延续——第四阶段代表词人有刘克庄、黄机、戴复古、刘辰翁等。他们继承辛弃疾的词风，赋词依然雄豪，但由于南宋国事衰微，恢复无望，风雅词盛，渐倾词坛及豪放词人偏擅粗直词风等原因，豪放派的词作便或呈粗犷、或返典雅，而悲灰之气渐趋浓郁则是当时所有豪放词人的共同趋向。

景致。"山下兰芽短浸溪",首句点名了兰溪得名之由——山下溪边多兰。而"兰芽"两字又点明了时令,此时为暮春。

"松间沙路净无泥"化用白居易诗"沙路润无泥"而来。沙路一遇下雨,尘土会随雨下渗,只露出细密的沙石,给人一种清净之感。这一句突出了兰溪的洁净。

"潇潇暮雨子规啼",沙路怎会无泥?因为暮雨潇潇。前两句偏重静态,这一句则写动态,而对动态的描写是为了反衬其静,渲染出词人谪居之所的环境之凄迷。

下片词人即景抒怀,阐明了一个人生道理。门前一反常理向西而流的溪水使他感悟到:只要对生活充满热情,对未来充满希望,人也可以重返青春,何必暗自嗟叹时光无情呢?下片这充满哲理的几句词集中体现了他老当益壮、自强不息的精神。这不仅鼓舞了身处困境的词人,也鼓舞了后世无数人。

卜算子

◎李之仪

我住长江头，君住长江尾。日日思君不见君，共饮长江水。此水几时休，此恨何时已。只愿君心似我心，定不负相思意！

译文

我住在长江上游，你住在长江下游。每天都思念你却见不到你，我们喝的都是长江水。

这江水什么时候能流尽？这恨什么时候能停止？只希望你的心与我的心一样，我一定不辜负你的相思情意。

赏析

这首词以一位女子的口吻，向自己的爱人倾诉衷肠。全词沿袭了此前民间词清新质朴的风格，语言浅近却情真意切，感动了一代又一代的人。

词的开头即以女性的口吻直叙："我住长江头，君住长江尾。""我"与"君"都住在长江之滨，因而一见长江便会思君。但两人一在头，一在尾，遥遥相隔，实难相逢。两句极写二人相隔之遥远。

"日日思君不见君，共饮长江水"，两人饮水同源，日日饮水，饮水时就会想到对方，故而日日起相思。语言坦率，相思之情又加深了一层。

"此水几时休，此恨何时已"，下片仍紧扣长江水，直接抒发别恨。只有长江干涸了，两人不必看到滚

◎作者简介◎

李之仪（1038年—1117年），字端叔，号姑溪居士，沧州无棣（今属山东省）人。神宗时进士，曾从苏轼于幕府，历枢密院编修官。徽宗初年以文章获罪，被贬太平州。终朝请大夫。能文，词亦工，以小令见长。有《姑溪居士文集》《姑溪词》。

滚江水了,心中的恨意才会消去。长江水自然不可能干涸,这两句话寓示了她心中的别恨是无穷无尽的。

最后词人笔锋一转:"只愿君心似我心,定不负相思意!"单方面的相思变为双方的期许,无已的别恨化为永恒的相爱与期待。这样,阻隔的双方心灵上便得到了永久的滋润与慰藉。

这首词一共四十五字,围绕着长江之水,将男女间的相思与离恨写得入木三分。语言平白如话,却言短意长,是一首充满了民歌风味的佳作。

调啸词

◎ 苏辙

渔父,渔父,水上微风细雨。青蓑黄箬裳衣,红酒白鱼暮归。暮归,暮归,归暮,长笛一声何处。

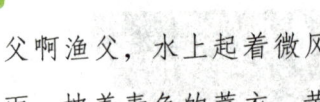

译文

渔父啊渔父,水上起着微风,飘着细雨。披着青色的蓑衣、黄色的箬笠,喝酒钓鱼直到傍晚才回去。

傍晚回去,傍晚回去,回去已是傍晚,听到一阵悠扬的笛声。

赏析

《调啸词》是《古调笑》的别体。作者在题下自称"效韦苏州"。韦苏州就是唐代诗人韦应物,曾作词:"胡马,胡马,远放燕支山下。跑沙跑雪独嘶,东望西望路迷。迷路,迷路,边草无穷日暮。"这首词在《韦苏州集》中作《调啸词》,而在《全唐诗》作《调笑令》。苏辙此词是仿效其体,然而格式上略有变化。

这首词写江上渔父恬淡闲适的生活。渔父在古诗词中的形象往往是被士大夫化了的,象征的是文人墨客们对于隐逸生活的向往。

"渔父,渔父,水上微风细雨",这是总写渔父的生活。渔父终日穿行于斜风细雨当中,何其快活!"青蓑黄箬裳衣,红酒白鱼暮归",这两句则具体描述渔父的生活情景。前句写他的衣着,后句写他钓鱼饮酒的情景。"青蓑黄箬"与"红酒白鱼"对仗,互相映照,暗含着高

⊙作者简介⊙

苏辙(1039年—1112年),字子由,眉州眉山(今属四川省)人,自号颍滨遗老。仁宗嘉祐二年(1057年)与兄苏轼同及进士第,累官至翰林学士门下侍郎。自绍圣后,以言忤旨,屡遭贬谪,降居许州致仕。谥文定。"唐宋八大家"之一,与父洵、兄轼合称"三苏"。为文以策论见长,工诗,亦能词。有《栾城集》五十卷。词存四首。

雅的情趣。以上数句突出的是渔父闲淡自适的形象,对渔父这一生动形象的刻画不禁令我们想到张志和的《渔歌子》:"西塞山前白鹭飞,桃花流水鳜鱼肥。青箬笠,绿蓑衣,斜风细雨不须归。"两首词笔下的渔父形象殊无二致。

"暮归,暮归,归暮,长笛一声何处",这是写渔父归家后的另一种生活情景,并上升到对渔父精神层面的叙述:他披着暮色回到家后,吹起了长笛,自我消遣。词人通过对渔父生活及精神状态的描写,使得渔父的形象更为丰满。

渔家傲

◎苏辙

七十余年真一梦，朝来寿斝儿孙奉①。忧患已空无复痛。心不动，此间自有千钧重。

早岁文章供世用，中年禅味疑天纵。石塔成时无一缝。谁与共，人间天上随他送。

注释

①斝(jiǎ)：古代青铜制的酒器，圆口，三足。

译文

七十多年过去就像做了一场大梦，一大清早儿孙就捧着酒器来祝寿。忧患已经成空，此时也不再觉得痛了。心不会再为外物所惑，七十高寿的我已经炼成，稳如泰山了。

早年的做文章是为了求取功名，报效国家，中年对禅的理解日益深刻，不知是不是天性所致。佛塔做成时没有一条缝隙。谁和我一起？天上人间任由他送。

赏析

这是一首祝寿词，为和门人祝寿而作。词人通过追忆平生，自抒情志。

上片总结写七十岁大寿的心情。"七十余年真一梦"，这是词人对自己一生经历的概括。他认为人生真是短暂，回望平生，七十来年就如一场大梦。

"朝来寿斝儿孙奉"，这是写儿孙们为自己祝寿的场景，显然是一团和气。儿孙绕膝，好不热闹！

但是词人对于祝寿已经没多少兴趣，他历经人世沧桑，无论是灾难，还是欢乐，都不会引起他内心的波澜。于是说"忧患已空无复痛。心不动，此间自有千钧重"。"空"，揭示出了词人的人生境界，说明他忘却一切忧虑,再也不觉得痛了;"心不动"是说他不会再受外物的影响;"此间自有千钧重",他历遍坎坷,已稳如泰山,安然不动。

下片自说平生,畅谈生死观。"早岁文章供世用",青年时代为求取功名,发奋读书;做文章写策论,都是为了报效国家,为世所用。"中年禅味疑天纵",词人自幼学习儒家经典,以孔孟为师,初入仕途,以传统儒家的济世思想对待一切。

但人生坎坷,他屡遭挫折。到了中年,由儒转佛,喜好参禅。及至晚年"石塔成时无一缝"。"石塔",即用石头建成的佛塔,用来存放舍利和经卷。这句话的意思是说词人如今人已古稀,佛学已经修炼到家了,连生死都已看破。

"谁与共,人间天上随他送",看破生死的词人已经无所畏惧,死后上天堂也好,下地狱也罢,他都无所谓了。

清平乐

◎黄庭坚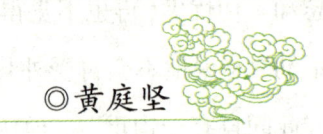

春归何处？寂寞无行路。若有人知春去处，唤取归来同住。
春无踪迹谁知？除非问取黄鹂。百啭无人能解，因风飞过蔷薇。

译文

春天回到哪里？周遭一片寂寞，找不到它回去的路径。要是有人知道春天归去之处，请叫它回来与我同住。

可是春天去得无影无踪谁会知道呢？除非去问黄鹂。它絮絮叨叨地说着，但没人能够理解，它趁着清风飞过了蔷薇花丛。

赏析

这是一首惜春之作。全词处处是痴语，看似无理，却将惜春恋春的情怀表达得淋漓尽致，达到了一种"无理而妙"的境界，构思精巧，多用曲笔，饶有变化。

春归之际，词人深感时光易逝，心中无比落寞。在他六神无主的时候，突然异想天开道："若有人知春去处，唤取归来同住。"表现出词人对美好事物的执着追求。

下片再转。词人从幻想中回到现实，知道春来去无迹，无人知道它的去向。但他仍旧抱有一丝希望，认为黄鹂也许知道。在这一句，词

◦作者简介◦

黄庭坚（1045年—1105年），字鲁直，自号山谷道人，晚号涪翁，洪州分宁（今江西修水）人。北宋英宗治平四年（1067年）进士。曾任秘书省校书郎等职。后屡遭贬谪，卒于贬所。与秦观、晁补之、张耒并称"苏门四学士"。其诗成就最大，与苏轼并称为"苏黄"；其词当时与秦观并称，但成就不如秦观。有《山谷词》，又名《山谷琴趣外篇》。

人又从现实跌入幻想中去了。真是百转千回,跌宕起伏。词人凝神谛听,可无论如何也听不懂黄鹂的回答。黄鹂百啭千啼后,趁着风势飞过了蔷薇花丛。蔷薇花开,说明夏已来临。词人才终于清醒地意识到:春天确实是回不来了。

水调歌头

◎黄庭坚

瑶草一何碧①！春入武陵溪。溪上桃花无数，花上有黄鹂。我欲穿花寻路，直入白云深处，浩气展虹霓。只恐花深里，红露湿人衣。

坐玉石，欹玉枕，拂金徽②。谪仙何处③？无人伴我白螺杯。我为灵芝仙草，不为朱唇丹脸，长啸亦何为？醉舞下山去，明月逐人归。

注释

①瑶草：仙草。②金徽：琴上系琴弦之绳，此处借指琴。③谪仙：贺知章曾称李白为谪仙人。

译文

仙草多么碧绿！春光到了武陵溪。溪岸边有无数桃花，花上有黄鹂鸣叫。我想要穿过桃花寻找上山的路，直进入到白云深处，一吐胸中浩然之气，化作虹霓。又恐怕在百花深处，红露打湿了衣襟。

坐在玉石上，倚靠着玉枕，弹奏着瑶琴。谪仙人在哪里？没有人伴我一同饮酒。我是那灵芝仙草，不做那涂朱抹红的小丑，长啸又是为了什么？我带着醉意一路舞蹈着下山，明月随我一同归去。

赏析

这是一首春行纪游词，作于元祐党争后流放途中。词人生性旷达，即便身处逆境也自得其乐。这首词就表现了他这一性格。

"瑶草一何碧"四句逐层描写春游之地的美景，"瑶草"乃是仙草，词人将这块地比作仙境，可见此地之优美。其中"武陵溪"化用陶渊明《桃花源记》的典故，这里未必真是武陵溪，只是这清静之地恰如世外桃源。

"我欲穿花寻路"三句，景色

如此优美，词人游兴大发，竟想要穿过桃林，一直走到白云深处，一吐胸中浩然之气，化作虹霓，真是豪情万丈。

接着笔锋一转，"只恐花深里，红露湿人衣"，这里采用象征手法，曲折地反映出词人对于出世的迟疑。其中"红露湿人衣"句化用王维诗"山路元无雨，空翠湿人衣"而来，可谓浑化无迹。

"坐玉石、欹玉枕、拂金徽"，词人真是超然物外，志行高洁，正如同那谪仙人李白。"谪仙何处？无人伴我白螺杯"两句，词人终究是不满于现实的，他终究还是感到寂寞，嗟叹知音难求。

"我为灵芝仙草"两句为象征语。词人以"仙草"自喻，表明自己不愿与世俗小人为伍。"长啸亦何为"，但词人又认为抛开世俗，像阮籍一般猖狂啸歌山林也不足取。这几句表现了词人内心的矛盾，愤世而又不愿弃世。最后他为自己找到了一条出路，即效仿那出淤泥而不染的荷花。

"醉舞下山去，明月逐人归"，为自己找到出路后，词人下山去了，也就是回归人间了。

词的品赏知识

宋词的风格流派略谈（一）

通常人们都将宋词划分为豪放和婉约两派，这样的划分虽然比较合理，但却失之简单。如果再将宋词的风格细化，大略可以划分为真率明朗、高旷清雄、婉约清新、奇艳俊秀、典丽精工、豪迈奔放、骚雅清劲、密丽险涩八个流派。

真率明朗——这一派作词不事假借，极少粉饰，却委曲详尽，既明朗，且深切。代表词人为柳永。

高旷清雄——无绮罗香泽之态，读之使人有登高望远、超乎尘俗之感，以苏轼为代表。黄庭坚这首《鹧鸪天》以清简流利的语言抒胸中不苟于尘俗之气，当属此派。

婉约清新——这一派以李清照为代表，时有凄婉之音，典雅工丽，浑融而不陷纤巧。王雱《倦寻芳慢》妍丽丰逸，情韵兼胜，当属此派。

奇艳俊秀——这一派以张先、贺铸为代表，笔力精健，彩藻艳逸。

鹧鸪天

◎黄庭坚

座中有眉山隐客史应之和前韵,即席答之。

黄菊枝头生晓寒,人生莫放酒杯干。风前横笛斜吹雨,醉里簪花倒著冠①。

身健在,且加餐,舞裙歌板尽清欢。黄花白发相牵挽②,付与时人冷眼看。

注释

①簪花:将花插在头上。倒著冠:倒戴着帽子。②黄花:菊花。

译文

黄菊枝头露出一丝清晨的寒意,人生不要放下手中酒杯,一定要喝到它滴酒不剩为止。雨斜风狂,我迎风吹笛,醉中头插黄花,倒戴头冠。趁着身体健康,且奋力加餐,在歌舞中尽情欢乐。黄花与白发相互牵挽,付与那冷眼的时俗之人看。

赏析

词人因党祸被贬戎州,心中抑郁不平,作小庵闲居。后又复官,词人至青州探望姑母,途中遇到眉山私塾先生史铸,两人一见如故,

词的品赏知识

宋词的风格流派略谈(二)

典丽精工——此派以周邦彦为代表,辞语精练,结构严密,思虑深透,音律和谐。

豪迈奔放——这一派的代表词人为辛弃疾,词风雄奇跌宕、豪迈奔放。

骚雅清劲——此派以姜夔为代表,以健笔写柔情,极意创新,力扫浮艳,词风清空。

密丽险涩——这一派以吴文英为代表,讲究字面,极力雕琢,词意甚为晦涩。

常作诗词酬唱应和，这首词便是其中之一。全词通过塑造一个狂狷兀傲的居士形象，表达了词人历经仕途坎坷之后内心的苦闷与激愤。

"黄菊枝头生晓寒"，写眼前之景，点明此时为秋季。赏菊自然要饮酒，于是很自然地引出下一句"人生莫放酒杯干"，这是劝酒之辞。"风前横笛斜吹雨，醉里簪花倒著冠"，着意写出酒后醉态，浪漫而狂放。

下片开头好像提倡及时行乐，其实暗含了词人心中的悲愤：既然世相无常，世风益衰，我等无力挽回，何不趁着身体健康饮酒作乐呢？最后两句正面描摹词人的疏狂模样，将满腹不合时宜之气全部排遣出来。

江城子

◎秦观

西城杨柳弄春柔,动离忧,泪难收。犹记多情曾为系归舟。碧野朱桥当日事,人不见,水空流。

韶华不为少年留。恨悠悠,几时休?飞絮落花时节一登楼。便作春江都是泪,流不尽,许多愁。

译文

西城杨柳在春光中轻柔地飘摆,触动起我的离恨,令我泪水难收。犹记得她曾在此多情地为我系好归去的舟楫。萋萋碧野,朱红小桥,当日的景色依旧,而人却已不再,只剩水空自流淌。

美好的年华不为少年人驻留。恨意悠悠,不知何时能止?在柳絮飘飞、落花纷纷的时候登上高楼。那满江春水便都化作我的眼泪,流也流不尽,那许多的愁。

赏析

这首词为词人早期作品,为一首伤春伤别之作。

"西城杨柳弄春柔,动离忧,泪难收",开篇便点明题旨,抒发别情。"弄"字有故作撩拨之意,赋予无情景物以有情。杨柳依依,牵动起词人无限离愁。

◎作者简介◎

秦观(1049年—1100年),字太虚,后改字少游,别号淮海居士,扬州高邮(今属江苏省)人。神宗元丰八年(1085年)进士,曾官秘书省正字兼国史院编修官。后坐元祐党事屡遭贬谪。"苏门四学士"之一,能诗文,尤以词著称,是婉约派的代表词人。其词早年多写恋情,间寓身世之感;晚年多写迁谪之恨,凄婉动人。有《淮海居士长短句》《淮海集》。

"犹记多情曾为系归舟。碧野朱桥当日事,人不见,水空流",这杨柳牵动起词人的别情不仅仅因为它柳条依依,似诉离别,而且是因为它不是其他地方的杨柳,而是靠近水驿的长亭之柳。当年词人曾在此系舟,与情人离别。这里的景色依旧,可人却已经不再,这是多么地令人悲伤啊。

"韶华不为少年留。恨悠悠,几时休?"少年人最为善感,时已至暮春,想到韶华的流逝,心中怅恨不已。

"飞絮落花时节一登楼。便作春江都是泪,流不尽,许多愁",这几句进一步抒发伤春之情。登上高楼,见桃飘李飞,不免叹息哪怕眼前的江水全部化作泪水,也流不尽自己的许多愁,可见他愁绪之深浓。

满庭芳

◎秦观

山抹微云①，天连衰草，画角声断谯门②。暂停征棹，聊共引离尊③。多少蓬莱旧事④，空回首，烟霭纷纷。斜阳外，寒鸦数点，流水绕孤村。

销魂。当此际，香囊暗解⑤，罗带轻分⑥。谩赢得青楼薄幸名存。此去何时见也，襟袖上，空惹啼痕。伤情处，高城望断，灯火已黄昏。

注释

①抹：涂抹。②谯门：谯楼，古代用于瞭望敌情的高楼。③引：举杯。④蓬莱旧事：指往昔的欢乐。⑤香囊暗解：悄悄解下香囊作为临别纪念。⑥罗带轻分：情人间解下罗带表示赠别。

译文

山巅浮着轻云，一片衰草连天，傍晚城楼上传来画角之声。将船暂停在岸边，姑且一同把酒话别。多少美好的往事，空自回望，只见得暮霭纷纷。斜阳之外，有无数寒鸦，一弯流水环绕那冷寂的孤村。

正是销魂时候，悄悄地解下香囊，轻轻地分开罗带。（光阴虚度）赢得一个青楼薄幸的虚名。这一去不知何时才能相见，衣袖上，白白地留下滴滴泪痕。正是感伤之时，站在高高的城池上望眼欲断，家家亮起灯火，此时已是黄昏。

赏析

这是一首赋别词，写词人与心上人的离别情景，于别情中暗含身世之叹。

上片写离别前的情景。"山抹微云，天连衰草，画角声断谯门"，这三句描写送别之地的景色，一片凄迷。"暂停征棹，聊共引离尊"，心上人设宴为词人送行，两人含情对饮。

"多少蓬莱旧事,空回首,烟霭纷纷",这临别的一刻牵引起词人多少回忆,但往事已矣,此时唯见烟霭纷纷。"斜阳外,寒鸦数点,流水绕孤村",词人并不着力描写自己心中的痛苦,而是通过写景造境来展现。于这三句,我们足能体会到词人孤苦的内心。

"销魂。当此际,香囊暗解,罗带轻分",离别的时刻终于还是到来了,两人解下自己的贴身之物以作别后纪念。"谩赢得青楼薄幸名存",这句化用杜牧"十年一觉扬州梦,赢得青楼薄幸名"而来,感叹自己半生虚度,无限慨叹尽在其中。

"此去何时见也,襟袖上、空惹啼痕",这几句写出了离别时的流连难舍之意。

"伤情处,高城望断,灯火已黄昏",词人满怀伤感地离去了,他的心中是多么的不舍呀,不断回望,直到高楼淡出视野。

鹊桥仙

◎秦观

纤云弄巧①，飞星传恨，银汉迢迢暗度。金风玉露一相逢②，便胜却人间无数。

柔情似水，佳期如梦，忍顾鹊桥归路。两情若是久长时，又岂在朝朝暮暮。

注释

①纤云弄巧：纤细的云彩变幻出许多美丽的花样来。②金风：秋风。玉露：晶莹如玉的露珠，指秋露。

译文

纤薄的云彩变幻出各种花巧，流星传递着离愁别恨。牛郎织女终于在七月七日夜里千里迢迢渡过银河来相会。秋风白露中一年一次的相逢，便胜过人间无数的儿女情长。

脉脉情意似水般温柔缠绵，短暂相会的美好时光宛如梦境，怎么忍心回头看鹊桥两边的归路！若是两人的爱情能天长地久，又何必在乎朝夕相守？

赏析

这是一首歌咏牛郎织女爱情的词，为爱情词中的绝唱，同时也是秦观的代表作之一。

"纤云弄巧，飞星传恨，银汉迢迢暗渡。"秋夜云彩轻盈多姿，这全赖织女高超的技艺。但这样聪慧灵巧的女子却不能与自己的爱人长相厮守，这又是何等恨事。牛郎已经是迫不及待要与爱人相会了，一个"飞"字传神地刻画出了他的这种心情。然而"迢迢"两字却见出银河之广阔。"金风玉露一相逢，便胜却人间无数"，但词人宕开一笔，不再为两人的爱情叹息，而是翻腾起一阵欢乐的浪花，说他们这一年一度的相会，就抵得上人间千遍万遍的相会，足见他们的爱情是多么的纯洁脱俗。

"柔情似水,佳期如梦",绵绵情意如那悠悠的流水,美好的会见如梦一般迷离,如梦一般短暂。"忍顾鹊桥归路",分离时两人是多么不舍呀,都不敢回头去看鹊桥归路,唯恐心碎。"两情若是久长时,又岂在朝朝暮暮",最后一笔,空际转身,揭示了爱情的真谛:两人若是真心相爱,并不一定要形影不离,相伴朝朝暮暮。

踏莎行

◎秦观

雾失楼台,月迷津渡,桃源望断无寻处①。可堪孤馆闭春寒②,杜鹃声里斜阳暮。

驿寄梅花,鱼传尺素,砌成此恨无重数。郴江幸自绕郴山③,为谁流下潇湘去④。

注释

①桃源:陶渊明《桃花源记》中所描绘的世外桃源。②可堪:哪堪。③郴江:水名,发源于湖南郴县黄岭山。④潇湘:湖南的潇水和湘水。

译文

雾色中,楼台依稀难辨,月光下,渡口模糊不可见,望眼欲穿,桃花源却依旧无处寻觅。怎能忍受得了孤寂的客馆中春寒紧锁,杜鹃声里夕阳西下!

朋友托驿使寄来的梅花,传递的书信,平添了我无数离恨。郴江啊,你绕着你的郴山流就得了,为什么偏偏要流到潇湘去呢?

赏析

这首词作于绍圣四年(1097年)。前此,秦观由于旧党关系,在朝内屡遭挫折,一再遭贬。最后官职被削,远徙郴州。就在这种情形下,词人作下此词以抒发自己内心的悲苦。

上片写景。"雾失楼台,月迷津渡,桃源望断无寻处",开头三句写渡口,为词人想象中的景象,画面凄楚迷茫。"可堪孤馆闭春寒,杜鹃声里斜阳暮",这两句转到眼前,写郴州贬所的景象,孤馆被春寒紧锁,杜鹃声声,夕阳西下,渲染出一片凄清冷寞。王静安先生曾经赞这两句词曰:"少游词境最为凄婉,至'可堪孤馆闭春寒,杜鹃声里斜阳暮',则变而为凄厉矣。"(《人间词话》)

下片写远方友人的致意与安慰。

"驿寄梅花,鱼传尺素,砌成此恨无重数",由于遭到贬谪,北归无望,亲朋的书信非但不能让他感到欣喜,反而牵动起他对往日生活的怀念和对故旧的思念,使他心中愁怨堆积。"郴江幸自绕郴山,为谁流下潇湘去",词人想要将自己心中的悲愤一吐为快,但却忧谗畏讥,不能说透。于是借物寄情,他望着眼前山水痴痴问道:"你本来生活在自己的故土,和郴山欢聚一起,究竟为了谁而竟自离乡背井,流下潇湘去呢?"含蓄地抒发了自己横遭贬谪的悲愤以及远望怀乡之思。

后人对此词的评价颇高,唐圭璋就评此词道:"此首写羁旅,哀怨欲绝。起写旅途景色,已有归路茫茫之感。末引'郴江''郴山',以喻人之分别,无理已极,沉痛已极,宜东坡爱之不忍释也。"(《唐宋词简释》)

忆仙姿

◎贺铸

莲叶初生南浦①，两岸绿杨飞絮。向晚鲤鱼风②，断送彩帆何处？凝伫，凝伫，楼外一江烟雨。

注释

①南浦：指送别之地。②向晚：临近傍晚的时候。鲤鱼风：指九月风。

译文

南浦上莲叶初生，江流两岸树上柳絮飘散。傍晚时分，你那夹杂着鲤鱼腥味的风，要将彩船送去哪里呀？凝立着，凝立着，只见楼外江面上烟雨纷纷。

赏析

这首词写水乡风光及生活。春末夏初，词人登上高楼，意欲欣赏江南水乡迷人的景致。他纵目望江，看到一幕动人的送别场景。

"莲叶初生南浦，两岸绿杨飞絮"，首二句点明季节和地点。莲叶初生，绿杨飞絮，说明此时正值春末夏初。"南浦"，出现在古诗词中泛指送别之地。如屈原《九歌·河伯》："子交手兮东行，送美人兮南浦。"江淹《别赋》："送君南浦，伤如之何？"此处"南浦"为下文送别场景的描绘做了铺垫。那送别之地的景色是迷人的，莲叶初生，飞絮漫天。"向晚鲤鱼风，断送彩

◎作者简介◎

贺铸（1052年—1125年），字方回，又名贺三愁，号庆湖遗老，祖籍山阴（今浙江绍兴），生长于卫州共城（今河南省辉县）。以门荫入仕。初为武阶，后转文官。为人豪侠尚气，秉性刚直，长期沉沦下僚。以词作名世，题材较丰富，风格亦多变化，兼有豪放、婉约二派之长。有《东山词》，一名《东山寓声乐府》。

帆何处？"这两句是词人由眼下的送别场景而生发出的联想。"向晚"点明送别的时间。薄暮将来的时候，江面上吹着带着湿润鱼腥味的暖风，远处行人已乘上画船，准备动身离去。词人由眼前的景象不禁生发出一番奇妙的联想，竟痴痴地问暖风："你要把这只画船吹送去哪儿呀？"这场景不可谓不动人。"凝伫，凝伫，楼外一江烟雨。"最后，词人正面登场，原来此时他正站在江岸的一座高楼之上。无疑，那送别的场景触动了词人心弦，也许唤起了他对过去自己别离时的回忆，反正此时他的心绪正如"楼外一江烟雨"一般，迷迷蒙蒙，带点儿惆怅，带点儿茫然。最后一句以景结情，十分耐人寻味。

御街行 别东山

◎贺铸

　　松门石路秋风扫,似不许、飞尘到。双携纤手别烟萝①,红粉清泉相照。几声歌管,正须陶写②,翻作伤心调。

　　岩阴暝色归云悄,恨易失、千金笑。更逢何物可忘忧,为谢江南芳草③。断桥孤驿,冷云黄叶,相见长安道④。

注释

①烟萝：这里指烟雾笼罩、葛罗蔓生的墓地。②陶写：陶冶性情，排除忧闷。写，即泄。③为谢江南芳草：辞谢江南多姿多情的芳草。谢，辞谢。④长安道：指北宋首都汴京。

译文

苍松作门，石子路上秋风吹扫，像是不许那飞尘来染。我们两手相携告别了墓地上那蔓生的烟萝，去到那泉水边，清澈的泉水映照着你红润的面庞。几声歌管之音传来，

词的品赏知识

悼亡词概述

　　从文体分类的角度看，"悼亡"多归诗词，还专指悼念亡去的妻妾而言。魏晋之前并无悼亡诗，西晋潘岳为悼念亡妻写《悼亡诗三首》，开悼亡题材之先，后世乃专以悼念亡去的妻子的诗词为"悼亡"。故悼亡诗词多为作者即兴抒情之作，字字发自肺腑，极为动人。中国古代四大悼亡诗词分别为苏轼的《江城子·乙卯正月二十日夜记梦》、潘岳的《悼亡诗三首》、贺铸的《鹧鸪天》、元稹的《离思》（其四）。

　　这首《御街行·别东山》是一首悼亡词，词情甚为悲痛，读之令人泣下。

正是要陶冶性情的，在悲伤的我听来却变成了伤心的曲调。

山岩变阴，暮色四合，云朵悄悄归去，我恨轻易失去了你的笑靥。还遇上什么事物可以令我忘忧，我只能答谢江南芳草的盛情。一截断桥，孤独的旅馆，凄冷的云，枯黄的叶，我们在长安再相见吧。

这首词抒发的是词人对亡妻的悼念之情，作于词人挥别东山之时。据贺铸墓志记载，夫人赵氏死后葬宜兴县清泉乡东篠岭之原。由此可见，词中的东山即是此地。

上片写墓地环境以及词人心中的感伤。"松门石路秋风扫，似不许、飞尘到"，首二句写墓地的环境。词人要离开东山了，他来到妻子的墓前与亡妻挥别。苍松挺立如门，青石路面平整，一派肃穆；秋风吹扫，

飞尘不染，十分洁净。词人将逝者之墓描绘得如此肃穆庄严，可见其在他心目中的地位。

"双携纤手别烟萝，红粉清泉相照"，这两句写墓前词人的幻想。词人由于心中悲痛，对亡妻极度思念，面对着墓冢，他不觉进入到一种似梦非梦的状态。恍惚间，爱人又回到了他身边，他们素手相携，告别了那烟萝丛生的墓地，来到清澈的泉水边去映照红润粉嫩的面庞。若非情到深处，是不会出现这种幻

觉的，词人此时的心情是难为旁人所理解的。

"几声歌管，正须陶写，翻作伤心调"，此三句写幻梦被乐声惊醒之后的心情。词人正沉浸于与爱人重逢的幻想之中，突然一阵管弦声传来，将他从幻境中惊回现实。那乐声本应当是陶冶性情，排除忧闷的。可那音乐不仅没有为他排忧解闷，在哀伤的他听来，反而成了更令人伤心的曲调。至此，其悼亡之情更近一层。

下片将情与景相结合，进一步抒发对亡人的思念。"岩阴暝色归云悄"，词人的视线由眼前墓冢移向它背后的山岩天空，此时暝色四合，山岩跟着转阴，天空的云也悄然归去。

天色向晚，这意味着悼亡者即将要离开，突然他的心如同被针扎一般，疼痛不已，他万般痛苦地喊道："恨易失、千金笑。""更逢何物可忘忧，为谢江南芳草"，词人心中之"恨"如此深浓，他想力图排遣，忘掉这"恨"，可是他的"忧"实在太深，无物可消解。即便"江南芳草"十分悦目，但他心中的忧愁也不能减分毫，因而他只能答谢芳草的盛情。

"断桥孤驿，冷云黄叶，相见长安道"，最后三句，点破"别东山"之题。"断桥孤驿，冷云黄叶"勾画出一幅孤冷凄清的秋日东山图，渗透着词人失伴后悲痛。"冷""孤"二字着上了词人极强的主观色彩，创造出一片寂寞冷酷之境。最后一句"相见长安道"既是对往昔生活的回忆，又是对亡灵进行安慰。"长安道"即北宋首都汴京开封。早年词人与爱妻共同生活于汴京，因而这"长安道"上写满了词人对两人共同生活的回忆。如今已生死阻隔，词人只能以"相见长安道"来告慰妻子亡灵。

捣练子 杵声齐

◎贺铸

砧面莹①，杵声齐②，捣就征衣泪墨题。寄到玉关应万里，戍人犹在玉关西。

注释

①砧：捣衣石。②杵：捶衣布的木槌。

译文

捣衣石晶莹洁白，捣衣的槌声整齐而有节奏。征衣捣好后泪水却将信上的墨迹浸湿了。寄到玉关应有万里，而征人却还在玉关之西。

赏析

词人曾作了几首《捣练子》，都是写闺怨。这首词是其中之一。词人借闺中怨女之口，写出了长期的边患不平给征人思妇造成的深重痛苦。

"砧面莹，杵声齐"，词从捣衣的工具着笔，而字句中都是捣衣之人。"砧面莹"是说捣衣石被磨得晶莹光洁，说明了思妇的辛劳。"杵声齐"则是说捣衣声整齐而有节奏，这里说明思妇捣衣非常熟练。"捣就征衣泪墨题"，这一句点明题旨，原来她捣衣的目的是寄予远戍边关的丈夫。写信时，想到丈夫远在千里之外，生死难卜，她不禁潸然落泪。

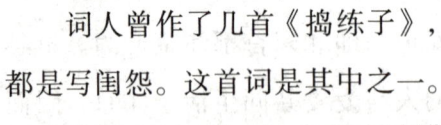

相思怀人词概述

相思怀人词表达的主要是对亲友的思念，以及在异乡的孤寂、惆怅、落寞、凄清的意绪。我们可以将相思怀人词分为以下四类：

羁旅愁思，如柳永的《夜半乐·冻云黯淡天气》；思亲念友，如黄公绍的《青玉案·年年社日停针线》；边关思乡，如范仲淹《渔家傲·塞下秋来风景异》，闺中怀人，如贺铸的《捣练子·杵声齐》。

"寄到玉关应万里,戍人犹在玉关西",这两句是思妇的悲叹:玉关就已经很远了,那征戍之地更加遥远,不知这承载着自己全部柔情的包裹要几时才能到达丈夫手中。词意愈转愈深,这一叹将女主人公那伤离怀远之情推向顶峰。

这首词创造了一个凄清的意境,读来叫人生悲,从心底生发出对思妇命运的深深同情,以及对战争的厌恶。

踏莎行 芳心苦

◎贺铸

杨柳回塘①，鸳鸯别浦②，绿萍涨断莲舟路。断无蜂蝶慕幽香，红衣脱尽芳心苦③。

返照迎潮，行云带雨，依依似与骚人语④。当年不肯嫁春风，无端却被秋风误。

注释

①回塘：曲折的水塘。②别浦：与前句"回塘"指一处地方。③芳心苦：莲子心味苦。④骚人：诗人。

译文

在岸边种着杨柳、中有鸳鸯戏水的池塘里，绿色的浮萍阻断了莲舟的去路。断然没有蝴蝶蜜蜂思慕荷花的幽香，终于是花瓣落尽，莲心苦涩。

落日的余晖迎接着潮水，天空的流云带着几点微雨，荷花依依似在与失意之人言语。当年它不愿嫁与春风，如今却被秋风耽误。

赏析

这是一首歌咏荷花的词作，词人咏物寄情，以荷花饱经忧患的命运暗寓自身，寄托词人对身世的感伤。

"杨柳回塘，鸳鸯别浦"，这两句写荷花所在之地，"回塘"位于迂回曲折之处的池塘。"别浦"，不当行路的水口。两者都是鲜有人去的地方，荷花生长在这样的地方故不易被人发现，更别提为人所喜爱了。"绿萍涨断莲舟路"，每到荷花盛开时，女子便结伴乘舟前往荷塘采摘，但荷花生长在绿萍深处，莲舟过不来。这里词人以无人采摘的莲花来比喻自己之不见用。"断无蜂蝶慕幽香"，这一句再作比，莲花不仅无人采摘，连蜜蜂蝴蝶也来恋它的幽香。词人以荷花的幽香比作自己的品德，再叹无人欣赏自己。

"红衣脱尽芳心苦",莲女不来摘,蜂蝶不来采,荷花只能自行凋落而已。词人遥想自己一生,不正如同这荷花一般,不为人所重,只能任年华空逝。"返照迎潮,行云带雨,依依似与骚人语",这里又回到荷塘景色,夕阳西下时,当晚潮涨起,天边一抹行云又夹带着寒雨而来,那随波摇曳的荷花仿佛要向词人诉说些什么。"当年不肯嫁春风,无端却被秋风误",原来它是在感叹身世,说自己当年品性孤高,不愿在春天与其他花儿斗妍取怜,争相开放,待到放下矜持,想要适时绽放却暗惊秋风已至,为时已晚。这里暗含词人不为世用、美人迟暮之慨。

青玉案

◎贺铸

凌波不过横塘路①，但目送，芳尘去。锦瑟华年谁与度②？月桥花院，琐窗朱户③，只有春知处。

飞云冉冉蘅皋暮④，彩笔新题断肠句。若问闲情都几许？一川烟草，满城风絮，梅子黄时雨。

注释

①凌波：形容女子脚步轻盈，步行如同在水波上走路一般。②锦瑟华年：比喻青春年华。③琐窗：有锁链形纹饰的窗子。④冉冉：渐渐地。蘅皋：长满香草的高地。

译文

美人轻移莲步不再越过横塘路，我目送着她的倩影远去。谁与她一同度过她最美好的年华呢？除赏月的楼台、花木环绕的妆楼、雕花的窗户、朱红的大门之外，只有一年一度的春天才会理解她内心的深处。

生长着香草的小洲上白云缓慢飘过，彩笔刚刚在纸上题了一首催人肠断的诗篇。试问闲愁有几多？一山淡烟弥漫的青草，满城随风飞舞的柳絮，梅子变黄时候的潇潇春雨。

赏析

据龚明之《中吴纪闻》载："铸有小筑在姑苏盘门外十余里，地名横塘。方回往来于其间。"可见"横塘"乃词人的隐居之所。一日，词人闲坐之时，他看见一位佳人从横塘路前走过，由这位佳人词人联想起了自身，他借美人寄托自己的不为世用的愤懑。

"凌波不过横塘路，但目送，芳尘去"，词人看见一位美人在横塘前匆匆走过，看着她远去的倩影，词人展开了丰富的想象。

"锦瑟华年谁与度？月台花榭，琐窗朱户，只有春知处"，他推想这女子的生活，在她最美好的时光里，与她相伴的，只有那无知无觉的住所与春天，字里行间流露出词人的无限惋惜。这里词人似在惋惜佳人，实在自伤。贺铸一生沉沦下僚，有志难伸，他借美人无人相伴感叹自己怀才不遇，虚度光阴。

"飞云冉冉蘅皋暮，彩笔新题断肠句"，词人接着想象美人幽居独处的怅惘情怀。美人临窗而立，为自己韶华流逝而哀叹不已，提笔写下叫人柔肠寸断的诗句。

"若问闲情都几许？一川烟草，满城风絮，梅子黄时雨"，结句取譬巧妙，用烟草、风絮、梅雨三种景物，将不可触摸的虚的感情，转化为可见、可体味的实的景，尤为后人称道。清代的王闿运就赞叹说："一句一月，非一时也。"

清平乐

◎贺铸

阴晴未定①，薄日烘云影②。临水朱门花一径，尽日乌啼人静③。

厌厌几许春情④，可怜老去兰成⑤。看取镊残双鬓⑥，不随芳草重生。

注释

①阴晴未定：指天气变幻无常。②薄日：天气阴霾时的太阳。③尽日：一天到晚。④厌厌：身体微弱，精神不振。⑤兰成：指南北朝时著名作家庾信，兰成是其小字。⑥镊：即"镊白"，拔去白头发。

译文

天气阴晴不定，苍白的太阳烘烤着阴湿的云朵。一座朱红色大门的院落临水而立，院子里的小径旁种满了花草，一天到晚，只听见乌鸦的啼鸣，无一丝人声。

精神恹恹，心中春愁无限，那年老的庾信真是可怜。看那被拔掉白发的两鬓，青丝不随芳草年年又生。

赏析

这是一首伤春叹老之作。词人借春景衬托他老年落拓无成的状况，词情幽怨。

上片写景。"阴未定"，首句写天气，说天气变幻无常，言辞简单，用笔极为平淡。接下来"薄日烘云影"写景颇为新奇。一个"薄"字写出了日暮时分日色的苍白。由于天气"阴未定"，并非十分晴好，天空的云团显得很潮湿，浸润着太阳。这情景在词人看来，仿佛是太阳正努力烘烤着它四周的云，想象十分奇特。

"临水朱门花一径，尽日乌啼

人静",这两句写主人公居处的环境。词人住宅临水,门前溪水潺潺;门色鲜丽,呈一片朱红。门后呢?庭院深深,一条曲折的小径两旁种满花木。这景色不可谓不佳,但"尽日鸟啼人静"句一出,则使得这美丽的院落显得孤寂、凄清。

下片抒情。"厌厌几许春情,可怜老去兰成",春光最能引起老年人对青春的追思,这两句抒发的正是这种情思。词人精神不振,难道仅仅是因为那一点儿伤春情绪吗?不,他的"春情"实源自于他对自己老大一事无成的悲哀。"兰成"是南北朝时著名诗人庾信的小字。他的《哀江南赋》有句云:"信年始二毛,即逢丧乱,藐是流离,至于暮齿。"这里,词人以庾信晚年自况,说明他晚年的心情像庾信一样沉郁伤感。

"看取镊残双鬓,不随芳草重生",最后两句写出了词人不甘落魄却又无可奈何的心情。"镊"即"镊白",拔去白发。"镊白"是因为词人留恋青春年华,不甘衰老。但他转念一想,纵使将白发拔光,青丝也不会如芳草一般随春而生。

黄庭坚曾赠诗给贺铸,其中有句云:"解道江南断肠句,只今唯有贺方回。"这首词就是这样一首断肠词,至今仍能引起人们的共鸣。

摸鱼儿 东皋寓居

◎晁补之

买陂塘、旋栽杨柳①,依稀淮岸湘浦。东皋嘉雨新痕涨②,沙嘴鹭来鸥聚。堪爱处。最好是、一川夜月光流渚。无人独舞。任翠幄张天,柔茵藉地③,酒尽未能去。

青绫被④,莫忆金闺故步⑤,儒冠曾把身误。弓刀千骑成何事?荒了邵平瓜圃⑥!君试觑⑦,满青镜、星星鬓影今如许。功名浪语。便似得班超⑧,封侯万里,归计恐迟暮。

注释

①陂(bēi)塘:水塘。旋:随即。②东皋:指水边的向阳高地。③藉(jiè)地:铺地。④青绫被:供高官使用的被子。青绫,青色的有花纹的丝织物。⑤金闺:即金马门,汉代官员在金马门外候旨听宣。⑥邵平:秦人,秦亡后隐居在长安城东种瓜。⑦觑(qù):仔细地看。⑧班超:西汉名将,曾出使西域,召还时已经七十多岁了。

译文

买下一方池塘,很快在岸边栽上杨柳,依约有淮水、湘江岸边的样子。东皋刚刚下了一场好雨,池水见涨,白鹭、鸥鸟纷纷聚集在池中沙地上。最让人喜爱的地方,是晚间那一池月光环绕着水中小洲之时。四野无人,我独自起舞。任凭碧绿的树冠遮盖天空,柔软如茵的

◎作者简介◎

晁补之(1053年—1110年),字无咎,号归来子,济州巨野(今属山东省巨野县)人。神宗元丰二年(1079年)进士。历官秘书省正字、校书郎、礼部员外郎等职。"苏门四学士"之一。工书画,能诗词,善属文。其词格调豪爽,语言清秀晓畅。有《鸡肋集》《晁氏琴趣外篇》。

小草铺满大地,美酒喝尽,我仍旧舍不得离去。

做官的青绫锦被不值得留恋,也不要再去回忆身在朝廷的日子,读书做官曾经耽误了自己。即便带领数千名佩带武器的卫兵又能成什么大事?倒还荒废了田园瓜圃。你试看那青铜镜里,两鬓生出了多少白发!所谓"功名",不过是一句空话。即便像那班超一样,封侯于万里之外,等到归来享受时恐怕已经年老体衰了。

赏 析

这首词为词人遭贬后退隐故乡金乡(在今山东)后所作。东皋,即东山。词人归乡后在东山修建了一座"归去来园",晚年寓居于此。这首词不仅写园中景色,还表达了对官场生活的厌弃及对田园生活的向往,是词人的代表作之一。

词的品赏知识

评价宋词的思想内容应注意的问题(一)

要了解作家的生平、思想及创作风格,这样有助于对其作品内容的理解和把握。

每个时代都有它的特点,故一个时代有一个时代的文学,在品赏文学作品时,应适当了解它所产生的时代风貌。

很多宋词的前面都有一个或长或短的"序",有的交代了创作的时间,有的交代了创作的缘由,有的交代了创作的经过,有的交代了创作的背景,有的为整个作品奠定了情感基调,阅读小序对理解作品的思想内容很有帮助。

上片写景。"买陂塘、旋栽杨柳,依稀淮岸江浦",词人买来池塘,在岸边种上柳树,布置得如同淮河岸边,风光秀丽。

"东皋嘉雨新痕涨,沙嘴鹭来鸥聚",每逢好雨过后,池水涨起,沙洲上鸥鹭聚集,景色非常喜人。"沙嘴"指水中的沙洲。

"堪爱处。最好是、一川夜月光流渚。无人独舞",词人最爱那月光流华之时,那时万籁寂静,唯有词人独自起舞。上片描写了田园优美恬静的风光,并衬托出词人洁身自好的情怀。

下片抒情。"青绫被,莫忆金闺故步,儒冠曾把身误",这里词人说不要留恋过去的仕宦生涯,读书做官是耽误了自己。

"弓刀千骑成何事?荒了邵平瓜圃",词人接着感叹说自己做了这么多年的官一事无成反倒耽误了退隐。

"君试觑,满青镜、星星鬓影今如许",经过多年的宦海沉浮,此时虽已经归来,但却已两鬓花白了。

"功名浪语。便似得班超,封侯万里,归计恐迟暮",那所谓功名事业不过是一句空话,且看班超,他虽立下汗马功劳,被封为定远侯,但回到京都洛阳不久便死去了。下片句句饱含词人对自己晚年才返还故乡的怅恨。

盐角儿 亳社观梅

◎晁补之

开时似雪,谢时似雪,花中奇绝①。香非在蕊,香非在萼②,骨中香彻。

占溪风,留溪月,堪羞损、山桃如血③。直饶更、疏疏淡淡④,终有一般情别。

注释

①奇绝:绝无仅有。②萼:花萼。③堪羞损、山桃如血:可以使红得似血的山桃花羞愧地减损自己的容颜。④直饶:即使,尽管如此。

译文

梅花开的时候像雪,凋谢的时候也像雪,颜色为花中奇绝。它的香味不在花蕊,香味也不在花萼,它的香在骨子里。

梅花不仅占得溪上清风,留得溪间明月,更将那如血般殷红的山桃花羞怯惭愧得减损了几分颜色。纵然它枝叶稀疏,香味清淡,与其他花相比毕竟别有一番超俗情致。

赏析

这首词为一首咏梅之作,作于宋哲宗绍圣二年(1095年),时年词人从齐州知州贬为亳州通判,心中抑郁难平。亳社指亳州(今安徽亳县)祭祀土地神的社庙。词人通过对梅花的颜色、香味、姿态的描写,烘托出了梅花脱俗的神韵与气质。

上片描写梅花的颜色与香味。"开时似雪,谢时似雪,花中奇绝",这三句写梅花的颜色。梅花的颜色是与众不同的,开时如雪,谢落后仍然似雪,洁白晶莹,不染纤尘。

"香非在蕊,香非在萼,骨中香彻",这三句写梅花的香味。梅花的香味也与众不同,它的清香不是从花蕊散发出来的,也不是从花萼散发出来的,而是从骨子里透出来的。

下片写梅花神韵和品格。"占溪风,留溪月,堪羞损、山桃如血",这几句运用对比的手法,将梅花与山桃作对比,衬托出梅花超凡脱俗的神韵。

"直饶更、疏疏淡淡,终有一般情别",梅花花影稀疏,香味清淡,不同于那些散发着浓烈香味、颜色艳丽的花儿,自有一番超凡情致。

这首咏梅词实际上是词人自己的人格写照,词人从正面侧面极力渲染梅花优雅高洁的神韵,正体现出词人对高洁品格的向往。

词的品赏知识
评价宋词的思想内容应注意的问题(二)

我们要明确一点,大多数作品的思想感情不是单一的,其中可能交织着许许多多非常复杂的情感。另外,一个作家的整体创作取向和风格一般是固定的,但也不排除个别作品的特例存在。

以晁补之的《摸鱼儿·东皋寓居》为例,词人一生大起大落,仕途坎坷,青年时曾为"苏门四学士"之一,与苏轼、黄庭坚、张耒等诗酒酬唱,度过了一生中最惬意的时期。但后来连连遭祸,词人对官场也渐生厌弃。在这首词中就体现出词人的坎坷遭际及其心中的愤懑与不平。

迷神引

◎晁补之

黯黯青山红日暮,浩浩大江东注。余霞散绮①,向烟波路。使人愁,长安远,在何处?几点渔灯小,迷近坞。一片客帆低,傍前浦②。

暗想平生,自悔儒冠误。觉阮途穷③,归心阻。断魂素月,一千里、伤平楚④。怪竹枝歌,声声怨,为谁苦?猿鸟一时啼,惊岛屿。烛暗不成眠,听津鼓⑤。

注释

①绮:锦缎。②浦:水滨,临水近岸的地方。③阮:指三国魏诗人阮籍。这里作者以阮籍自居。④平楚:登高望远,见木林如平地,所以说"平楚"。楚,丛木。⑤津鼓:古代水上交通民俗。于客船上置鼓,舟人以鼓声为号令,指挥动止进退。诗词作品中称为津鼓。

译文

青山黯淡,红日西沉,浩浩大江向东流注。余霞散作满天美丽的图案,望向来时的烟波水路,使人生愁,长安邈远,它在哪里?几点小小的渔火闪烁不定,使得近处的船坞变得迷离恍惚。一片游子的船帆低挂,依傍着前浦。

暗想我的一生,悔恨自己被读书所误,今有阮籍途穷之感,归心受阻。看到素净的月色洒满千里平原,不禁魂断神凄。心中嗔怪那竹枝歌,声声哀怨,你在为谁而苦?猿猴、鸟儿一时间啼鸣起来,更使岛屿惊怵。蜡烛暗了下来,我却仍旧难以入眠,只听见津渡口传来声声更鼓。

赏析

这首词写羁旅愁情,作于词人贬谪途中。

上片写日暮江景。"黯黯青山

红日暮,浩浩大江东注",这两句词人以如椽巨笔为我们勾勒出一幅壮丽的日暮江景图。"余霞散绮"这一句化用谢朓"余霞散成绮,澄江静如练"诗句的诗意,承"红日暮"而来,写红日西坠后余霞散绮的壮丽景观。"向烟波路"句及以下三句,转向对羁旅愁情的描写,词人回望来时的路,勾起了对京城的无限怀念,心中不禁生出无限遭贬的愁怨。

"几点渔灯小,迷近坞",这两句即景抒情,眼前这迷离之景正是词人在贬谪途中迷茫心情的外化。"一片客帆低,傍前浦",末两句紧承上句,以船靠岸作结。

下片侧重对羁旅情怀的抒写。"暗想平生,自悔儒冠误。"这是词人对于自己过往人生的反思,说自己被读书做官所误。"觉阮途穷,归心阻。"这是运用阮籍的典故。阮籍有《咏怀》诗八十余首,表现的是忧时嗟生、途穷命蹇的感叹。这里词人以阮籍自比,说自己已经意识到"途穷"而归心犹受阻遏,不得归隐田园。"断魂素月"三句及以下"怪竹枝歌"三句,词人寓情于景,将羁旅之人的惆怅与哀怨抒发得尤为动人。前三句以色,后三句以声烘托出词人遭贬后的沉痛心境。"猿鸟一时啼,惊岛屿"两句依旧是在听觉上渲染他的情绪。猿的鸣叫声是凄厉的,一个"惊"字写出词人闻得猿声后的惊怵状。"烛暗不成眠,听津鼓",词人内心本就愁苦,加之又见到窗外冷寂的月色,听到哀怨的笛声和凄切的猿鸣,哪还能成眠?只好在昏暗的烛光中,卧听津渡传来的更鼓,等待天明了。

清平乐

◎陈师道

秋光烛地,帘幕生秋意。露叶翻风惊鹊坠,暗落青林红子。微行声断长廊,熏炉衣换生香①。灭烛却延明月,揽衣先怯微凉。

① 衣换:即换衣,这里指把衣服披在身上。

金色的秋光照耀大地,帘幕也生出阵阵秋意。秋风翻飞,带露的叶片被吹得噼啪响,惊动了树上的鹊儿,青林中的红叶暗自落下。

长廊里轻轻的脚步声没有了,熏炉里散发着木柴燃烧后的香气。灭了烛火,却有明月来相照,再加了件衣服,抵御秋寒。

这首词写秋景。

上片写秋日清晨景色。"秋光烛地,帘幕生秋意",词人开门见山,直接奔向对秋景的描绘。秋是金色的季节,一个"烛"形象地将大地燃烧着金色的光这一景象写了出来。

"露叶翻风惊鹊坠,暗落青林红子",这两句转向对秋光的具体描绘。秋天到了,叶子便纷纷落下,这两句饶有生趣地将秋叶正落的景象描绘了出来。一"青"一"红"更为这幅生动的叶落图增添了一片绚丽的色彩,给人以强烈的视觉冲击力。

下片写秋日晚景。"微行声断

作者简介

陈师道(1053年—1101年),字履常,号后山居士,彭城(今江苏省徐州市)人。元祐二年(1087年),由苏轼等荐为徐州州学教授。历任颍州教授、秘书省正字。江西诗派重要作家。能词。有《后山先生集》。有词集《后山词》。

长廊,熏炉衾换生香",前一句从听觉着笔,写秋夜之静;后一句则从嗅觉落笔,熏炉生香,给人带来一种的暖融融、意闲闲感觉。

"灭烛却延明月,揽衣先怯微凉",词人准备就寝,他吹熄了蜡烛,一片雪白的月光却照进屋中;秋晚生凉,词人为赶走凉意将衣披在身上。按理说,灭烛后词人当睡下,也许为那片月色所吸引,他想静静观赏一会儿,这才有了后面的揽衣去凉。

风流子

◎张耒

木叶亭皋下①,重阳近,又是捣衣秋②。奈愁入庾肠③,老侵潘鬓④,谩簪黄菊⑤,花也应羞。楚天晚,白蘋烟尽处,红蓼水边头。芳草有情,夕阳无语,雁横南浦,人倚西楼。

玉容知安否?香笺共锦字,两处悠悠。空恨碧云离合,青鸟沉浮。向风前懊恼,芳心一点,寸眉两叶,禁甚闲愁?情到不堪言处,分付东流。

注释

①亭皋:平荡的水旁地。亭,平。②捣衣:古代妇女在深秋时在砧石上捶打衣服,准备寄给远方的亲人过冬。③庾肠:庾信的愁肠。庾信是南朝时梁朝的官员,后来出使西魏被留,所以常常思念祖国和家乡。后人常以"庾愁"代指思乡之心。④潘鬓:即潘岳的斑鬓。潘岳为西晋文学家,貌美而早衰。后人以"潘鬓"指代中年鬓发斑白。⑤谩:轻慢。

译文

树叶纷纷飘落到水边平地上,重阳节近了,又到了捣寒衣的秋天。怎奈我愁绪萦绕心中,白发生于两鬓,即便随意地将菊花插在头上,花也应该感到被羞辱了吧。天色已晚,(我极目远望)直望到白蘋烟尽之处,水边开花的红蓼深处。芳草脉脉含情,夕阳寂寂无语,大雁

⊙作者简介⊙

张耒(1054年—1114年),字文潜,号柯山,楚州淮阴(今属江苏省)人。神宗熙宁六年(1073年)进士。曾任秘书省正字、起居舍人。后坐元祐党事而遭贬,晚年居陈州。"苏门四学士"之一,能诗文,有《柯山集》。词仅存六首。

横在南浦上,人则斜倚西楼。

不知你是否安好?书信和题诗,因两地相隔遥遥而无法见寄。只能空自怨恨那时聚时散的白云,青鸟在其中隐现。你在风中懊恼不已,一片芳心,两叶柳眉,怎能禁得起闲愁呢?情到不能言说之处,只能付与那东流水。

赏析

这首词写思乡愁情。

"木叶亭皋下,重阳近,又是捣衣秋",这三句点明季节,并渲染出一片萧瑟的氛围,奠定全文凄清的感情基调。

"奈愁入庾肠,老侵潘鬓,谩簪黄菊,花也应羞","庾肠",即庾信的愁肠。庾信本是南朝时梁朝的官员,后出使西魏被留。虽身在西魏心却在梁,他无时无刻不思念着自己的故乡。故后人常以"庾愁"代指思乡之心。"奈愁入庾肠"道出词人的乡愁。"潘鬓",即潘岳白发苍苍的两鬓。潘岳是西晋文学家,貌美而早衰,三十二岁就有白发。因而后来就以"潘鬓"代指中年鬓发斑白。"老侵潘鬓"则写他身心俱衰状。"谩簪黄菊,花也应羞",簪菊为古时风俗,每到重阳,人们总爱将菊花插满头。这两句是词人的自叹之辞,他说:"我两鬓斑白,头发稀疏,恐怕将菊花插在头上,那花也该感到羞

词的品赏知识
宋词中常用的艺术手法(一)

情景交融:将对环境的描写、气氛的渲染跟人物思想感情的抒发相结合。情景交融包括寓情于景和借景抒情。

用典:即在诗歌中援引史实,使用典故。用典既可以使语言精练,又可增加内容的丰富性,增强表达的生动性和含蓄性,可收到言简意丰、耐人寻味的效果,增强作品的表现力和感染力。

在张耒的这首《风流子》中,词人运用了情景交融的手法,选取白苹、红蓼、芳草、夕阳、雁及西楼这些典型意象,将自己的离愁寓于其中,勾画出一幅凄凉萧索的图景。

辱吧。"这一叹反衬出他暮感的深沉。

"楚天晚,白蘋烟尽处,红蓼水边头",此三句写词人遥望故乡所见。词人是淮阳人,此时他身在汴京,遥望楚天,正是朝着故乡的方向望,故此三句虽写景,但思乡之情寓于其中。"白蘋",水中浮草,因其随波漂流,容易引起游子产生离家漂泊的伤感。接下来"芳草"数句接续写望乡所见。词人望见芳草,望见夕阳、大雁,却独没有望到故乡,心中一片怅然,因而他只好倚楼而叹了。

"玉容知安否?"词人思乡,思的实是故乡之人。由"玉容"二字可知,他思念的是自己的心上人。

"香笺共锦字,两处悠悠。空恨碧云离合,青鸟沉浮",此四句抒写两人遥遥相隔,音书无法见寄的怨恨。"香笺""锦字"指书信。"碧云",江淹《休上人怨别》诗有"日暮碧云合,佳人殊未来"之句,这里借指对佳人的思念。"青鸟",传说为西王母传递信息的鸟,后世常以此指传信的使者。

"向风前懊恼,芳心一点,寸眉两叶,禁甚闲愁?"词人将笔落于对方,设想心上人思念自己时的痛苦情状。写对方正是写自己,写心上人如此苦苦地思念自己正是为了表达自己对她深挚的爱恋与相思。

"情到不堪言处,分付东流",最后两句将眼前之景与心中之情融合无间,以质朴之语收束全篇。词人思情无限,愁苦之极,不知如何纾解,如何排遣,便一股脑将此情交付给眼前滔滔东流水,让它将它们通通带去。

秋蕊香

◎张耒

帘幕疏疏风透①,一线香飘金兽②。朱栏倚遍黄昏后,廊上月华如昼。

别离滋味浓于酒,著人瘦。此情不及墙东柳,春色年年依旧。

注释

①疏疏:稀疏之意。②金兽:兽形的铜香炉。

译文

帘幕稀疏,夜风吹了进来,一缕香烟从兽形香炉中袅袅飘出。倚遍栏杆,已是黄昏之后,长廊上,月光如昼。

离别的愁滋味如酒般深浓,使人消瘦。这别情不像那墙东边柳树,每年春风一吹又柳色依旧。

赏析

这首词是张耒离开许州任时,因留恋官妓刘淑奴而作。

词的品赏知识

宋词中常用的艺术手法(二)

联想和想象:联想是指因一事物而想起与之有关事物的思想活动;想象指想出不在眼前的形象或情景。

比喻、象征:把一种事物比成另一种本质不同的事物,增加作品的生动性、形象性。

夸张:即故意地对事物进行夸大或缩小的描写,借以表达词人异乎寻常的情感。

在这首《秋蕊香》中,词人运用了比喻的手法,将别离滋味与酒、别情与柳相对照,化抽象为具象,令读者更为直观地体验到词人的愁情。

上片侧重写景，但景中有情。"帘幕疏疏风透，一线香飘金兽"，这两句描写刘淑奴的闺房，清静幽美。越是美好越令人留恋，这里暗含词人深深的不舍。

"朱栏倚遍黄昏后，廊上月华如昼"，从黄昏到深夜，他将朱栏倚遍，那依依不舍之情虽未明说，但词人那愁苦无绪的情状却宛在我们目前。

下片直抒离愁。"别离滋味浓于酒，著人瘦"，词人在这里用"浓于酒"一词来形容心中离愁的浓烈程度，化抽象于具体，形象生动地传达出他的心意。

"此情不及墙东柳，春色年年依旧"，这两句承前句而来，前两句将离愁与酒进行正面对比；这两句则写别情不及墙柳，从反面衬托。柳叶虽会枯萎，但却只是一时，每到春季又依旧转绿。但人一离别，就不知何时能再见了。这一正反对比极为深切地道出了词人心中的无奈与惆怅。

苏幕遮

◎周邦彦

燎沉香,消溽暑①。鸟雀呼晴,侵晓窥檐语②。叶上初阳干宿雨③。水面清圆,一一风荷举。

故乡遥,何日去?家住吴门,久作长安旅。五月渔郎相忆否?小楫轻舟,梦入芙蓉浦。

注释

①溽（rù）暑:潮湿闷热。②侵晓:拂晓。③宿雨:昨夜的雨。

译文

焚烧沉香,来消除夏天潮湿的暑气。鸟雀呼唤着晴天,拂晓时分我偷偷听它们在屋檐下的说话声。初出的阳光晒干了荷叶上昨夜的雨,水面上的荷叶清润圆正,一阵风吹来,荷叶一团团舞动起来。

故乡那么遥远,什么时候才能回去呢?我家本在吴越一带,却久久地客居在长安。五月的渔夫你还记得我吗?我划着一叶扁舟,在梦中来到了过去的荷花塘。

赏析

这首词作于词人客居京师期间,全词以荷花为中心,表达了词人浓

◎作者简介◎

周邦彦(1056年—1121年),字美成,自号清真居士,钱塘(今浙江省杭州市)人。少有才学,太学生时献《汴都赋》,被神宗擢为太学正。后历哲宗、徽宗朝,任州教授、县令、秘书省正字、校书郎、秘书监等职,提举大晟府。精通音律,能自度曲。其词集北宋婉约派大成,长调尤擅铺叙,富丽精工,历来被奉为词坛正宗,对南宋及后代均有巨大影响。有《清真居士集》,已佚。

浓的思乡之情。

上片写景,重在描绘荷花姿态。"燎沉香,消溽暑。鸟雀呼晴,侵晓窥檐语",词人先渲染环境,由室内写到室外,由静景写到动景:一个夏日的清晨,词人燎香消暑,茅檐间鸟雀欢呼天气转晴。"叶上初阳干宿雨。水面清圆,一一风荷举",词

人接着往远处看去,看见了一幅美好的雨后风荷图:清晨的阳光洒在荷叶上,将叶面上残留着的夜雨轻轻蒸干。水面清圆,一阵风来,荷叶儿一团团地舞动起来。这几句词生动地描绘出了荷花的神貌,被王国维《人间词话》评为"真能得荷之神理者",为写荷之绝唱。

下片抒情,写梦回家乡。"故乡遥,何日去?家住吴门,久作长安旅",这几句直抒自己对故乡的思念,感叹自己的羁旅生涯,不假雕饰,平白如话。"五月渔郎相忆否?小楫轻舟,梦入芙蓉浦",词人不言自己思念亲戚故旧,却问渔夫是否思念自己,从对面更深一层地表达自己的思念。"小楫轻舟,梦入芙蓉浦",末两句转为虚景,与前文相呼应,词人由眼前的荷花想到故乡的荷花,他的思乡之情实在无法遏制,竟梦到自己划着小舟驶入莲花塘中了。

这首词语出天然,而词境甚高,正如陈世所说:"不必以词胜,而词自胜。风致绝佳,亦见先生胸襟恬淡。"(《云韶集》)

解语花 元宵

◎周邦彦

风销绛蜡①，露浥红莲②。灯市光相射。桂华流瓦③。纤云散，耿耿素娥欲下④。衣裳淡雅。看楚女、纤腰一把⑤。箫鼓喧，人影参差，满路飘香麝⑥。

因念都城放夜⑦。望千门如昼，嬉笑游冶。钿车罗帕⑧。相逢处，自有暗尘随马。年光是也。唯只见、旧情衰谢。清漏移⑨，飞盖归来⑩，从舞休歌罢。

注释

①绛蜡：红色的蜡烛。绛，红。②浥：沾湿。③桂华：指月光。古代神话传说谓月中有桂树，故以桂指代月。华，光华。流瓦：照在屋瓦上。④耿耿：光明的样子。素娥：这里指嫦娥。⑤楚女：指腰肢纤细的美女。⑥香麝：即麝香。⑦都城放夜：指城内正月十五元宵之夜解除宵禁。⑧钿车：雕饰着金花的马车。⑨漏：漏壶，古代计时器。⑩飞盖：车速快。盖，车盖，这里代指车。

译文

红烛迎风销蚀，烛油滴落在莲花灯上，犹如露水沾湿红莲，灯市里流光溢彩。月光流照碧瓦。微云散去，明媚素净的嫦娥将要下凡。衣着淡雅。看那楚地女子，腰肢纤细。箫声、鼓声喧哗，人来人往，络绎不绝，一路上麝香味飘浮。

由此而想到那都城解除宵禁的元宵夜，一眼望去，千家万户都灯火通明，黑夜如同白昼，人们嬉笑游玩。仕女们驾着华丽的马车，手里拿着绫罗手帕，来到与心上人相见的地方，身后自会有骑马的少年偷偷跟随。又是那一年一度的元宵佳节，唯独只见我旧日的游冶情怀消歇。此时已转至深夜，我且驾车回去，任由人们去歌去舞吧。

赏析

这首词为词人异乡为官时怀念汴京节日景物而作,为一首忆旧感怀之作。

上片写地方上过元宵节的场景。"风销绛蜡,露浥红莲,灯市光相射",此三句写元宵夜的灯节花市。着一"销"字,写出蜡烛在风中逐渐被烧残的状貌。"红莲",即莲花灯。燃烧的蜡烛将蜡泪滴到莲花灯上,宛如莲花带珠。第三句"花市光相射"总括灯市的辉煌。

"桂华流瓦。纤云散,耿耿素娥欲下"三句写月色。"桂华"指代月亮,因传月中有桂树而称。"耿耿素娥欲下",词人将皎洁的月光比拟为呼之欲下的月中仙女,极写月色之光辉皎洁,姿容绝代。紧接着词人将笔触由天上转至人间。

"衣裳淡雅。看楚女、纤腰一把",这是写观灯的女子,极写其身姿之窈窕。

"箫鼓喧,人影参差,满路飘香麝",此三句写灯市之繁华热闹。箫鼓喧鸣,人来人往,满路溢香。

下片回忆汴京的元宵。"因念

都城放夜",词人开门见山,首句便点出都城的元宵灯节。且看都城元宵夜是何景象:"望千门如昼,嬉笑游冶。""千门如昼"写灯市,十分气派。"嬉笑游冶"转入写人事,即都中观灯之人在上元节日总的活动情况。

"钿车罗帕,相逢处,自有暗尘随马",这三句写灯市中少年人奇遇,写得较为含蓄。"自有暗尘随马"一句写得很隐晦,大抵是说女子坐着马车在约定地点与所思之人见面后,马车后就有一男子骑着马尾随了。

接着词人转入对身世的嗟叹中来:"年光是也。唯只见、旧情衰谢。"词人自叹年光一年年流逝,他已不复昔日情怀,年少轻狂的日子一去不复返了。

"清漏移,飞盖归来,从舞休歌罢",最后三句由回忆、嗟叹转入现实。此时已至深夜,词人已无心观灯赏月,更无意流连歌舞声色,于是便驾车回府了。这三句如实地将词人"旧情衰谢"的心理展现了出来。

周济《宋四家词选》云:"此美成在荆南作,当与《齐天乐》同时。到处歌舞太平,京师尤为绝盛。"

词的品赏知识

周邦彦在词史上的地位

周邦彦为北宋词的"集大成者"。从词的搜求、审定、考证方面来说,他有集成和创制的功劳;就其写作功力之成就而言,他善于体物言情,描绘工巧周至,又善于融化前人诗句,炼字妥帖工整;从创作风格来说,清真词能集北宋词自柳永到秦观、贺铸等人之成就而独具特色。他发展了柳永以赋为词的铺叙手法,兼取秦词的柔婉、贺词的艳丽,综合形成自己善于勾勒、妙于剪裁、精巧工丽的典雅作风。

就这首《解语花》来看,词人善于铺叙,在写景抒情中渗入述事,造成另一境界,形成曲折回环、开阖动荡的势头,即富艺术张力。这首词要传达的情感也很复杂,十分耐人寻味。

夜游宫

◎周邦彦

　　叶下斜阳照水，卷轻浪、沈沈千里①。桥上酸风射眸子②。立多时，看黄昏，灯火市。

　　古屋寒窗底，听几片、井桐飞坠。不恋单衾再三起。有谁知，为萧娘③，书一纸。

注释

①沈：同"沉"。②酸风：刺人的寒风。③萧娘：古代女子的泛称。

译文

　　夕阳的余晖透过树叶照在水面上，江面上细浪翻卷，沉沉千里。桥上秋风刺眼。伫立良久，看黄昏时分华灯初上的闹市。

　　古屋寒窗底下，听得几片井栏杆上梧桐叶飘落在地的声音。不恋单薄的被子，再三起床。有谁知道，（我）为萧娘写了封长长的信。

赏析

　　这是一首思念情人的词作。词人通过层层设悬，一步步引出对恋人的思念，整首词跌宕起伏，委婉凄绝。

　　上片写秋日黄昏的景色。"叶下斜阳照水，卷轻浪、沈沈千里。桥上酸风射眸子"，薄暮时分，词人立于桥上，夕阳洒落水面，江水翻卷着细浪向远处推进，黄昏的景致似乎笼罩着一层愁烟，显得分外黯淡。

　　"立多时，看黄昏，灯火市"，天色是越来越晚了，街市上灯火渐次亮了起来。词人立于桥头，久久不肯离去，不知他怀揣着怎样的心事。

　　下片词人将镜头从室外转到室内。"古屋寒窗底，听几片、井桐飞坠"，此时词人已回到屋中，但

心境依旧落寞凄凉。伴着古屋寒窗，他无法入眠，窗外一片寂静，只听得见井栏杆上梧桐叶落的声音。到此词人依旧没有告诉我们是什么如此困扰着他。

"不恋单衾再三起"，词人将自己的愁绪又推进一层，不仅夜不能寐，甚至频频披衣而起。"有谁知，为萧娘，书一纸"，原来他那种种凝神沉思、激动不安的情状，都是源于对心上人极度的思念！

兰陵王 柳

◎周邦彦

柳阴直,烟里丝丝弄碧。隋堤上、曾见几番①,拂水飘绵送行色。登临望故国②,谁识京华倦客?长亭路,年去年来,应折柔条过千尺③。

闲寻旧踪迹,又酒趁哀弦,灯照离席。梨花榆火催寒食④。愁一箭风快,半篙波暖,回头迢递便数驿⑤。望人在天北。

凄恻,恨堆积!渐别浦萦回⑥,津堠岑寂⑦。斜阳冉冉春无极。念月榭携手⑧,露桥闻笛⑨。沉思前事,似梦里,泪暗滴。

注释

①隋堤:汴京附近的汴河之堤,隋炀帝时所建,故称。是北宋时来往京城的必经之路。②故国:这里指故乡。③柔条:柳枝。④榆火:唐代制度,清明时皇帝取榆柳之火赐给近臣。⑤迢递:遥远。⑥别浦:这里指送别的水边。⑦津堠(hòu):渡口守望的高台。岑寂:清冷寂寥。⑧月榭:月光遍照的亭榭。⑨露桥:凝结露水的小桥。

译文

正午的柳荫连缀成直线,烟霭中柳丝拂动。在隋堤上,曾经多少次看见柳条拂水,柳絮飞舞,送别远去的行人。登高临远,眺望故乡,谁又认识我这个旅居京都的倦游之人?在那十里长亭的路上,随着时间一年一年过去,折下的柳条应有上千枝了吧。

我趁着闲暇寻找旧日的行踪,又是在哀怨的弦声中饮酒,华灯照

耀离别的宴席。梨花和榆柳催促着寒食节的到来。我满怀愁绪看着船在风中像箭一样离开，竹篙一半插进了温暖的水波，等船上的客人回头再看，船已经过数个驿站，回首望去，送别之人已经远在天边。

我心中十分哀痛，离恨堆积。送别的河岸渐渐迂回曲折，渡口的土堡渐渐沉寂。夕阳冉冉落下，春天没有尽头。我不禁想起那次我们携手在月光下的水榭游玩，在多露的桥头，听到有人吹笛。回忆往事，似在梦中，泪水暗自滴落。

赏析

这首词作于词人最后一次离开京都的时候，题为咏柳，实际上是借柳以抒发自己的离愁别恨。

"柳阴直，烟里丝丝弄碧"，这两句从整体到局部描写隋堤上的柳色。离京时先是看到隋堤两岸，杨柳成荫。再细看，只见碧色可人的柳丝随风飘拂。

"隋堤上、曾见几番，拂水飘绵送行色"，那隋堤之上的柳色，词人曾为送人见过了很多次。"拂水飘绵"四个字生动地摹画出柳树依依惜别的情态。

"登临望故国，谁识京华倦客？"这两句为全篇主题句，抒发自己的孤独与落寞。

"长亭路，年去年来，应折柔条过千尺"，词人接着感叹人间离别频繁，送别时折断的柳条都要超过了千尺。

词的品赏知识

宋人咏物词概述（一）

咏物词是托物言志或借物抒情的词，是以客观事物为描写对象，通过事物的咏叹体现词人的人文思想。咏物词的创作，北宋时期以苏轼、周邦彦为代表，南宋时以辛弃疾、姜夔、吴文英、王沂孙为代表。

宋代初期，宋词大多流于男女缠绵情意，范围还相当狭窄，咏物词更是少之又少。即便有，咏物之中也无关寄托，只是纯粹描写物象。直到柳永出现，这样的状况才有所改变，他写有咏物词《木兰花》三首，但用的仍是小令，咏物词的包容量还较小。

"闲寻旧踪迹,又酒趁哀弦,灯照离席。梨花榆火催寒食",这几句为追忆往事。船已启程,词人独立于船头回忆起当年在一个寒食节的离别情景:管弦哀鸣,送别的宴席上灯火闪烁。

"愁一箭风快,半篙波暖,回头迢递便数驿,望人在天北",船行如箭,令词人忧愁,他不断回望,因那京华有他牵挂的人。这几句写尽了词人心中的怅惘与凄婉。

"凄恻,恨堆积!"船行愈远,

离恨愈重，一层一层堆积在心上难以排遣。

"渐别浦萦回，津堠岑寂。斜阳冉冉春无极"，此时已至傍晚，所望之人早已不见，抬眼所见，只看到夕阳冉冉西下，春色一望无边。

"念月榭携手，露桥闻笛。沉思前事，似梦里，泪暗滴"，愁苦至极的词人不禁又回忆起往事来，他回想起曾与恋人一起度过的美好时光。但那些甜蜜的夜晚现在想来，不过如梦一场，只能徒然地引起他的悲伤而已。

这首《兰陵王·柳》很能代表词人慢词的风格，历来为后代评论家所激赏。陈廷焯《白雨斋词话》盛赞此篇，说："美成词极其感慨，而无处不郁，令人不能遽窥其旨。"

词的品赏知识

宋人咏物词概述（二）

　　咏物词到了苏轼才得以飞速地发展，他以其绝高的才华对词坛进行了革新，咏物词便是他革新的一部分。在苏轼三百多首词作中，标明咏物的就有三十余首，而在表现手法上也进行了革新。而到了周邦彦，更推进了咏物词的发展。苏轼的咏物词大都是直抒胸臆，而周邦彦由直抒胸臆转为安排巧思，启发了南宋咏物词的思路。像这首《兰陵王·柳》，题为"咏柳"，实则写别情，将人事寓于其中，极尽曲折之妙。

　　至南宋的姜夔，他在继承周邦彦讲究格律、炼字琢句、用典咏物的写作方法之外，又创造出清淡峭拔的风格，开创了前词中未有之境界。至南宋末，咏物词呈现繁荣之状，王沂孙可谓是咏物词传统中的集大成者，他不仅继承了赋写的手法，又发扬了托喻的传统；结构上安排周密，又能于用典处以意贯之，浑化无迹。

　　如《兰陵王·柳》云'登临望故国，谁识京华倦客'二语，是一篇之主。上有'隋堤上、曾见几番，拂水飘绵送行色'之句，暗伏'倦客'之根，是其法密处。故下接云：'长亭路，年去年来，应折柔条过千尺。'久客淹留之感，和盘托出。他手至此，以下便直抒愤懑矣，美成则不然。'闲寻旧踪迹'二叠，无一语不吞吐。只就眼前景物，约略点缀，更不写淹留之故，却无处非淹留之苦。直至收笔云：'沉思前事，似梦里，泪暗滴。'遥遥挽合。妙在才欲说破，便自咽住，其味正自无穷。"

虞美人

◎周邦彦

疏篱曲径田家小，云树开清晓。天寒山色有无中，野外一声钟起、送孤篷。

添衣策马寻亭堠①，愁抱惟宜酒②。菰蒲睡鸭占陂塘③，纵被行人惊散、又成双。

注释

①亭堠：古时观察敌情的岗亭。此借指驿馆。②愁抱：忧伤的怀抱。③菰蒲：两种水草名。

译文

疏落的篱笆，小路曲曲折折，农家院子窄小，挺拔入云的大树间晓色渐露。天气寒冷，山色似有似无，只听得野外一声钟响，送孤舟远去。

添上衣服，骑着马儿寻找驿站，愁绪满怀适宜喝酒。菰蒲中的鸭子占池塘而睡，即便被行人惊散，转眼间又成双成对了。

赏析

这首词的主题是惜别，写词人为心上人送行。

上片写景叙事。"疏篱曲径田家小，云树开清晓"，这两句由近及远描绘了他们分手之处的景色。清晨，词人看到几间低矮的茅舍，稀疏的篱笆和弯弯曲曲的小路。再往远处看，只见笼罩在树林上的云雾渐渐地散去。"天寒山色有无中，野外一声钟起、送孤篷"，词人的目光仍旧留在远处，但见寒气弥漫，山色似有若无，一片缥缈之景。山寺的晨钟响起，离别的时刻终于还是来临了，词人目送孤帆远去。

下片书写自己的心情。"添衣策马寻亭堠，愁抱惟宜酒"，词人并不直接抒发自己的惜别之情，而是以一连串的动作和画面来表达。

送走心上人后,词人感到寒意袭人,于是便披衣策马去驿站买酒浇愁。末二句,词人又忽地转入写景,"菰蒲睡鸭占陂塘,纵被行人惊散、又成双",饮罢酒后,词人又匆匆上路,马儿从菰蒲丛生的池塘经过,惊起一群熟睡的野鸭,它们四散飞去,而后又成双成对地落下。见到此景,词人内心怅然。他是借着这一乡野常见之景,以衬托自己的孤单落寞,寄托自己的离愁别绪。

玉楼春

◎周邦彦

桃溪不作从容住①,秋藕绝来无续处。当时相候赤栏桥,今日独寻黄叶路。

烟中列岫青无数②,雁背夕阳红欲暮。人如风后入江云,情似雨余粘地絮③。

注释

①桃溪：比喻因错误的行为而丧失爱情。典故出自《幽明录》。②列岫：群山。③雨余：雨后。

译文

没有同爱人安安稳稳地长久居住在桃溪,(就像)秋天的莲藕折断后便无法再续上。当日在朱漆栏杆的小桥等候情人到来,今日却独自在黄叶遍地的路上寻觅旧梦。

烟霭中排列着无数青翠的山峦,大雁背着夕阳高飞,火红的太阳即将坠下。人像被风吹入江中的云彩（一去无踪）,情似雨后粘在泥中的柳絮（无法挣脱）。

赏析

这首词是词人与恋人分别后,重游旧地时所作,表达了他对恋人深挚的情感和浓烈的思念。

首句用典,东汉时期,刘晨、阮肇入天台山采药,在桃溪边遇见两位绝色女子,相爱成婚。半年后,两人思念起故乡来,因而与女子告别。但出了山才知道原来已经过去三百年。后来重访天台,却不见了心上人。词人借这个典故暗示自己曾有过一段刘、阮入天台式的爱情遇合,并表达了他由于轻易分别而产生的悔恨之情。最令人伤心的是,这一分别就如同秋藕断绝,彼此的关系在无法接续了。接下来两句转为叙事,当时两人相候于赤栏桥,而今日却独自于黄叶路上寻找佳人踪迹。这一鲜明对比道出了词人无尽的悔恨与相思。

下片首二句又转为写景,烟雾中群山成列,雁背上斜阳欲暮,悠远空旷的环境愈发衬托出词人自身的孤独与寂寞。最后两句以两个比喻来比拟当前情事。昔日的恋人如同那满天云彩,随风飘散没入江中;而词人对于那倏忽而逝的恋人的情感却像那雨过后粘着地面的柳絮,牢固胶着。这两个比喻,生动贴切地表现出词人感情的痴顽,读来使人怆然。

《白雨斋词话》评此词云:"美成词有似拙实工者,如玉楼春结句云:'人如风后入江云,情似雨余粘地絮。'上言人不能留,下言情不能已。呆作两臂,别饶姿态,都不病其板,不病其纤,此中消息难言。"可谓精当。

惜分飞 富阳僧舍代作别语 ◎毛滂

题富阳僧舍作别语，赠妓琼芳。

泪湿阑干花著露①，愁到眉峰碧聚②。此恨平分取③，更无言语空相觑④。

断雨残云无意绪⑤，寂寞朝朝暮暮。今夜山深处，断魂分付潮回去⑥。

注释

①阑干：即栏杆。②眉峰碧聚：形容双眉紧锁，眉色如黛色的远山一般。③取：助词，"着"。④觑：细看。⑤断雨残云：喻情侣分离。⑥"断魂"句：意思是将哀伤的心情托付潮水带到恋人身边。

译文

泪痕满面犹如鲜花沾带露珠，愁上眉梢，紧蹙如碧峰聚合。这离恨在我俩心中一样深重，更是只能脉脉无言，空自含泪相视。

人分两地，无法相聚，心情极度低落，寂寞朝朝暮暮缠绕在心头。今晚在深山之中，将那因相思而欲断的魂魄托付潮水带回去吧。

赏析

词人在杭州任职时曾与歌妓琼芳相好，三年秩满辞官，在他回富阳途中作此词赠予伊人，以表自己的不舍之情。

上片追忆两人惜别情景。"泪

◎作者简介◎

毛滂（1055年—1120年），字泽民，衢州江山（今浙江省江山市）人。曾任杭州法曹、武康县令、秀州知州等职，一生仕途失意。诗、词、文均有名。其词受苏轼、柳永影响，自然深挚，秀雅飘逸。有《东堂词》《东堂集》。

湿阑干花著露,愁到眉峰碧聚",两人分别时是多么的不舍啊,伊人满面泪痕,如春花挂露,忧愁得双眉紧蹙。"此恨平分取",接着词人将女子的愁与恨转到自己身上,表明两人爱之深,别之恨。"更无言语空相觑",这一句更进一步表达了别时的哀痛,分离在即,四目含泪相视,千言万语竟无从说起。

下片写羁旅的愁苦和对恋人绵绵不绝的思念。"断雨残云无意绪,寂寞朝朝暮暮",这两句直抒别后之苦。二人分隔两地,相爱而不能相见,日日夜夜只有寂寞相随,那思念之情怎能遏制?"今夜山深处,断魂分付潮回去",词人留宿深山,而伊人远在钱塘,相隔千里,唯有江水相连,深夜词人听潮声在耳边回响,竟突发奇想:人不能相聚,那么将魂儿交付浪潮,随流水回到心上人那里。情笃思奇,这两句将词人刻骨铭心的相思表达得淋漓尽致,令人赞叹。

临江仙 都城元夕

◎ 毛滂

闻道长安灯夜好，雕轮宝马如云。蓬莱清浅对觚棱①。玉皇开碧落②，银界失黄昏。

谁见江南憔悴客，端忧懒步芳尘③。小屏风畔冷香凝。酒浓春入梦，窗破月寻人。

注释

① 觚（gū）棱：宫阙转角处的瓦脊，代指宫阙。② 碧落：碧天。③ 端忧：深忧。芳尘：指落花。

译文

听说都城上元灯夜非常美好，华丽的马车像云彩一样繁多。蓬莱仙宫轻轻浅浅，与其他宫阙相对。玉皇大帝打开天宫，昏昏的银河也失去了光华。

谁看得见（我这）在江南客居倦游之人？心中怀着忧愁，没有闲情去散步赏灯。她正在小屏风边流泪吧，泪水凝住了脸上的香粉。酒意浓重，春情入梦，月光从破窗中照进来，好像是来寻找我的。

赏析

词人晚年因言语文字获罪，被罢官。政和五年（1115年）冬，待罪于河南杞县旅舍。这首词即作于词人羁旅河南之时，记的是都城汴京的元宵夜。

上片写汴京元夜盛况。"闻道长安灯夜好"，首句即点明时间、地点，并以一个"好"字总括都城元夜之景。"长安"代指"都城"，即汴京。"灯夜"，即元宵夜。"闻道"二字说明以下描述的都城元宵夜的热闹景象为词人之想象，并非实境。"雕轮宝马如云"，这一句写元夜的繁盛景象。"如云"二字极言"雕轮宝马"之多。"蓬莱清浅对觚棱"

玉皇开碧落,银界失黄昏",此三句描绘皇宫中欢度元宵的盛况。"蓬莱",长安城中有蓬莱宫,蓬莱又是传说中的仙山。此处以"蓬莱"指代皇宫,写元宵夜的皇宫宛如仙境。"觚棱"是宫阙转角处的方瓦脊,此处即代指宫阙。"玉皇"代指北宋皇帝。"碧落",即碧天。"玉皇开碧落"是说皇帝大宴群臣。"银界失黄昏",街市灯火齐放,将夜晚照得如同白昼,银河都似乎失去了它的光华。上片对汴京元夜盛况的描写大有深意,用汴京欢度佳节的热闹气氛衬托出自己处境的凄凉。

下片写羁旅愁怀。"谁见江南憔悴客,端忧懒步芳尘",词人由对元夜的描写转向自身,笔调突转,词情一落千丈。他叹息道:"大家都欢度佳节去了,汴京一片繁华热闹,谁又能想到潦倒落拓、流落他乡的我呢?"词人因心境凄凉,也没有心情去赏花灯了。"谁见",设问之辞,意即无人见。"小屏风畔冷香凝",穷困愁苦的词人想起了自己的妻子,他想到她此时定对着屏风落泪,泪水凝住了她脸上的脂粉。这是词人的设想,设想闺中人在思念自己,也就更深刻地表现了自己在思念闺中人。"酒浓春入梦,窗破月寻人",这两句转到现实中来,进一步表达他对妻子的思念。词人借酒浇愁,他企图大醉后能做一场"春梦"与心上人相会。当他躺在床上准备梦中寻人之时,月光从破窗中照了进来,好像在寻他来了。"月寻人",这是多么奇特的想象呀!将他对亲人的思念写极,并暗衬出其处境的孤寂。非情到深处,无以为之。

八声甘州

◎叶梦得

故都迷岸草,望长淮、依然绕孤城。想乌衣年少①,芝兰秀发,戈戟云横。坐看骄兵南渡②,沸浪骇奔鲸③。转眄东流水④,一顾功成。

千载八公山下,尚断崖草木,遥拥峥嵘。漫云涛吞吐,无处问豪英。信劳生、空成今古,笑我来、何事怆遗情。东山老⑤,可堪岁晚,独听桓筝⑥。

注释

①乌衣,即乌衣巷,东晋时王谢两大家族居住的地方。②坐看:指以逸待劳。骄兵:这里指苻坚的军队。③骇奔鲸:形容前秦军队来势汹汹。④眄(miǎn):看、望。⑤东山老:即谢安,他曾隐居于东山。也暗指作者自己。叶梦得词中经常以谢安自况。⑥桓筝:据《晋书·桓伊传》载,谢安因为位高权重,加上小人搬弄是非,晚年被晋孝武帝疏远。一次,谢安陪孝武帝饮酒,桓伊弹筝助兴,并演唱了一首《怨歌行》:"为君既不易,为臣良独难;忠信事不显,乃有见疑患。"谢安听了感动得泣下沾襟,孝武帝闻之

◎作者简介◎

叶梦得(1077年—1148年),字少蕴,号石林居士。苏州吴县(今属江苏省)人。哲宗绍圣四年(1097年)进士。累官中书舍人、翰林学士、吏部尚书、龙图阁直学士。高宗朝,迁尚书左丞、江东安抚制置大使兼知建康府,移知福州。晚年致仕归,居乌程(今浙江省湖州市)卞山。能诗工词。有《石林词》。

则甚有愧色。"东山老,可堪岁晚,独听桓筝?"这三句指的便是上文的"遗情"。

译 文

远眺故都,江岸上长满了杂草,迷茫一片;望着长长的淮河,它依然像当年一样绕着孤城寿阳不停流淌。遥想当年(大败苻坚)的贵族少年(谢玄和谢石),英气勃发,斗志昂扬,武器像阵云一样纵横陈列。他们以逸待劳坐看骄傲的前秦大军南渡,(大军激起的)沸涌的浪涛连奔跑的鲸鱼都为之惊骇。(但他们只是)转头看着东流的河水,而一举成功。

千年以来八公山下,还有同样的断崖和草木,它们遥遥地簇拥着,显得峥嵘可怖。纵然云涛吞吐(也徒然无补),已经无处可以找到(谢家子弟那样的)英雄豪杰来询问(抗敌作战的)对策了。历史上的英豪毕生奋斗、劳心劳力,到头来空成今古谈笑之资;可笑我啊,又何必为往事而悲怆?东山老,怎么能忍受晚年独自听桓伊弹筝?

赏 析

这是一首怀古感今之作,作于词人凭吊淝水之战的古战场八公山(今安徽凤台县东南)时。

上片追忆淝水之战。"故都迷

岸草,望长淮、依然绕孤城",这是写淝水之战的地理位置。寿阳,古称寿春,公元前241年楚国国都郢城为秦兵攻陷,曾东逃迁都于此,故词人怀古,称之为故都;东晋改名寿阳,即今安徽寿县。昔日的国都,如今已是杂草丛生,迷茫一片;望淮河的支脉淝水,依然像当年一样环绕孤城寿阳滚流不息。首三句中包含着景物依旧而人事全非之慨。

"想"字以下七句写淝水之战。"乌衣年少"淝水之战东晋将领——谢石、谢玄等人。乌衣,即乌衣巷,晋代王谢贵族居住的地方。"芝兰秀发"形容江东子弟作战精神昂扬。"戈戟云横"写晋军军容和声威。"骄兵南渡,沸浪骇奔鲸"转到对苻坚的军队的描写,说他们来势汹汹,不可一世;而面对强敌,江东子弟却从容沉着,只是"坐看"而已,可见其胆略过人。最后以"转盼东流水,一顾功成"作结,将这场大战收拾干净。

下片怀古追今。"千载八公山下,尚断崖草木,遥拥峥嵘",这三句呼应上片首三句,说战地景物依旧。"断崖草木"用典。淝水之战中,苻坚出师不利,本就乱了手脚,一天他与弟弟苻融趁夜去前线视察，他看到晋军阵容严整，士气高昂，慌乱的他将晋军驻扎的八公山上的草木也都误当成士兵，不禁更为胆战。

"漫云涛吞吐，无处问豪英"，山河依旧，而人事全非。如今强敌压境，朝中却找不到谢家子弟那样的英雄豪杰了。

"信劳生、空成今古，笑我来、何事怆遗情"，这四句表面上看去似乎在自解，但实际上却是在自伤，为下文的才士不见用的深沉感慨作铺垫。"遗情"指的是这样一个故事：东晋宰相谢安，晚年因小人拨弄是非，为孝武帝所疏远。一天，武帝请谢安、桓伊等人喝酒。桓伊精通音乐，武帝令他吹笛助兴。一曲罢后，他说自己弹筝比吹笛还拿手。于是一边弹筝，一边唱出了曹植的一首乐府诗："为君既不易，为臣良独难。忠信事不显，乃有见疑患。"谢安听了，感动得老泪纵横，武帝也深觉惭愧。

词人末三句"东山老，可堪岁晚，独听桓筝"指的便是君臣不容易善始善终的"遗情"。词人此时已经离开了中枢府，未能待在皇帝身边，因而只能"独听桓筝"，内心之凄苦寂寞可想而知。

词的品赏知识

叶梦得词风的转变

叶梦得生于两宋之交，其创作活动，以宋室南渡为界，可分为两个阶段。早期词不出传统题材，作风婉丽。其词集第一首《贺新郎》，相传为应真州妓女之请而写，为他早期词作的代表作。自汴京沦陷、二帝被掳后，其词风发生了极大的变化。社会的巨变给了他极大的刺激，词风由柔媚婉丽一变为豪宕激越，这首《八声甘州》就是他这个时期的代表作。词人凭吊历史古迹，怀古伤今，为自己不能效力于国家而感伤，词风沉郁，于豪放之中又保持了稳健。

水龙吟

◎朱敦儒

放船千里凌波去,略为吴山留顾。云屯水府①,涛随神女②,九江东注。北客翩然,壮心偏感,年华将暮。念伊、嵩旧隐③,巢、由故友④,南柯梦,遽如许!

回首妖氛未扫⑤,问人间、英雄何处?奇谋报国,可怜无用,尘昏白羽⑥。铁锁横江,锦帆冲浪,孙郎良苦⑦。但愁敲桂棹,悲吟梁父⑧,泪流如雨。

注 释

①水府:水神所居的府邸。②神女:指湘妃、洛神一类的水中仙子。③伊、嵩:伊阙与嵩山。伊阙,今龙门石窟所在地,伊水西流,香山与龙门山两岸对峙,宛如门阙,故名。这里代指洛阳一带。④巢、由:巢父与许由,都是尧时的隐士。这里代指在洛阳隐居时的朋友。⑤妖氛:不祥的云气,多喻指凶灾、祸乱,这里指金兵南侵。⑥尘昏白羽:指战局不利。白羽,即白羽箭。⑦"铁锁横江三句":三国后期,西晋灭了蜀国后,吴主孙皓手下将领吾彦以铁锁横江,欲以天险拒敌,然终为王濬所破。⑧梁父:《梁父吟》,又名《梁甫吟》。原为汉乐府曲名,相传诸葛亮生前最喜欢吟诵此曲。

○作者简介○

朱敦儒(1081年—1159年),字希真,河南(治今河南洛阳)人。历兵部郎中、临安府通判、秘书郎、都官员外郎、两浙东路提点刑狱。晚年隐居嘉禾,高宗绍兴二十九年(1159年)卒。其词语言清畅,句法灵活自由。有词集《樵歌》。

常用来比喻功业未成而胸怀匡时济世之志。

译文

放船千里，凌波而去，只为了吴地的江山略略留顾。水府上空密云屯集，波浪随着神女翻滚，众水汇流，滚滚东流。（我这个）做客异乡的北方人翩然而行，有着宏大的志向却感到年华已晚。追念曾经在洛阳一带隐居，以及隐居时来往的朋友，仿佛是南柯一梦，梦醒得真快！

回首（望中原），妖氛还未扫净，问人世间的英雄到底在何处？英雄欲以奇谋报国，可惜没有用处，使得白羽箭生尘。当年吴国以铁锁横江设防，却无法阻挡西晋大将王濬的楼船，锦帆冲着巨浪（铁锁销熔），孙皓的苦心安排全都付诸东流。只能愁绪满怀地敲着桂棹，悲伤地吟唱着《梁父吟》，泪流如雨。

赏析

这首词是金兵南侵之后的感时

书愤之作。

"放船千里凌波去",词以景语开头,笔力雄健。词人放船千里,凌波而去,气象十分广阔。尽管江南有如此美景,词人也只是"略为吴山留顾"。这一句从侧面点明他的故国之思。他此次离开洛阳一带南来,实在是因强敌入侵,迫不得已。他并没有把吴中当作久留之地,国都在北方,他的故乡在北方。

"云屯水府,涛随神女,九江东注"三句写长江水势。水府,本为星宿名,主水之官,此处借指水。"九",泛指多数。"九江",指长江汇合众流,滚滚东注。这三句气势是何等的肃穆雄浑。然而这样的境界并未使作者襟怀开阔,反而触发了他的身世之慨。

"北客翩然,壮心偏感,年华将暮",国运衰微,宋室南渡,如今的他已成他乡之客。而壮志萦怀的他,年华又已老暮。

"念伊、嵩旧隐,巢、由故友,南柯梦,遽如许!"这是词人对往昔生活的回忆及感叹。词人早期隐居洛阳一带,在这里有着如许由、巢父一般的隐逸高士,但如今国破家亡,他回思往事,只觉是做了一场大梦。"南柯梦,遽如许!"这两句中包含着身遭丧乱、落拓难逃的词人的无尽辛酸与苦楚。

"回首妖氛未扫,问人间、英雄何处?"这是一个爱国词人满含激愤的呼唤。当他凌波千里之时,北望中原,痛感金兵未扫,于是发出了对英雄的呼唤。

但紧接着以"奇谋报国,可怜无用,尘昏白羽"三句对"问人间、英雄何处"作了回答,词情愈发转悲。

当时并非没有英雄,宗泽、李纲都力主抗金,收复失地,但朝中投降派力量太大,抗金事业为他们所阻。最终他们都落得血洒疆场、尘昏白羽的下场。"可怜无用"四字,含蕴深沉,发人深思。

"铁锁横江,锦帆冲浪,孙郎良苦",词人眼前正是三国时吴国所在之地,词人自然联想到了西晋灭吴的历史事实。当年吴主孙皓倚仗长江天险,以铁锁横江设防,仍然阻挡不住西晋大将王濬的楼船,锦帆冲浪,铁锁销熔,终至灭亡。这三句词中流露出词人对像东吴一样偏安江左的南宋小朝廷前途的深切担忧。

"但愁敲桂棹,悲吟梁父,泪流如雨",金兵气焰嚣张,而南宋小朝廷一味退缩,志士不见用,词人深感无奈,不禁大放悲声,词情至此达到高潮。

眼儿媚

◎赵佶

玉京曾忆昔繁华①，万里帝王家。琼林玉殿，朝喧弦管，暮列笙琶。花城人去今萧索②，春梦绕胡沙。家山何处③，忍听羌笛，吹彻梅花。

注释

①玉京：北宋的都城汴京。②花城：指靖康之变以前的汴京。③家山：故乡。

译文

回忆汴京往昔的繁华，万里山河都属于帝王之家。奢华的宫殿园林，弦管笙琶的声音日夜不断。

花城早已是空寂无人、萧索冷落，虽然身处黄沙漫天的胡地，那繁华如春的汴京仍然时常萦绕在梦中。家乡在何处？怎么忍心听到那羌笛吹奏凄凉彻骨的《梅花落》？

赏析

这首词作于词人被俘北上之后，抒发亡国之慨。词人以概括性很强而又极富艺术性的语言将北宋覆亡的史事，当时的社会风貌，以及亡国之君内心复杂的感情活动浓缩在短短四十多个字中。

上片回忆被俘前骄奢淫逸的帝王生活。"玉京曾忆昔繁华，万里帝王家"，"曾忆"二字点明北宋覆亡，帝王之身已成梦幻。这短短

◎作者简介◎

赵佶（1082年—1135年），即宋徽宗，神宗第十一子。1100年—1125年在位。其在位期间任用奸臣童贯、蔡京等主政，穷奢极欲，大兴宫苑，滥增捐税，致国政日颓，民间起义不断。靖康二年（1127年）与子钦宗赵桓为金军所俘，被囚于五国城（今黑龙江省依兰县）至死。吹弹、书画、声歌、词赋无不精擅。有词集《宋徽宗集》。

的十二字里包含着国家多少历史往事,词人多少辛酸血泪呀。"琼林玉殿,朝喧弦管,暮列笙琶"三句具体描述皇家的豪奢。"琼林玉殿"写所居之处,除宫殿外,还有那搜括财货、竭尽民力兴建而成的"艮岳"。据《枫窗小牍》中记载,其间"山林岩壑日益高深、亭榭楼观不可胜记,四方花竹奇石咸萃于斯,珍禽异兽无不毕有"。"朝喧弦管,暮列笙琶"写帝王的游乐生活。帝王沉湎声色,弦管笙琶之声日夜响彻。

下片抒发被俘以后的愁苦之情。"花城人去今萧索,春梦绕胡沙",靖康之乱后,昔日香花如绣的汴京城已是荒草丛生,只剩下断壁残垣了。"萧索"乃词人的设想之辞,其中景象,供人猜想。身在尘沙漫天的荒漠之中,词人依旧怀念着自己的汴京,不时在梦中去重游。"家山何处,忍听羌笛,吹彻梅花",最后三句写梦醒后的情景。梦醒以后,繁华散去,词人又陷入深深的悲伤之中,耳边忽然又传来阵阵凄凉的羌笛声,让人不忍卒听。《梅花落》为表达思乡之情的曲调,身在胡地的词人听到这支曲子,怎能不黯然伤神呢?

如梦令

◎李清照

常记溪亭日暮，沉醉不知归路。兴尽晚回舟，误入藕花深处。争渡，争渡，惊起一滩鸥鹭。

译文

经常记起在溪边的亭子游玩直到太阳落山，喝得酩酊大醉不知道回去的路。游兴满足了，天色已晚才想起往回划船，误入了荷花深处。争着划呀，争着划呀，栖息在荷塘深处的鸥鹭受到惊扰，全都飞了起来。

赏析

这是一首追述往事的词作，词人回忆以前的一次愉快的郊游，全词洋溢着一片欢快的情绪。

"常记溪亭日暮，沉醉不知归路"，开篇以"常记"总领，引出对整件事的回忆，"溪亭"点名地点，"日暮"点出时间。"沉醉不知归路"，词人玩得多么尽兴呀，景色优美迷人，词人沉醉其中找不着回去的路。

"兴尽晚回舟，误入藕花深处"，既已尽兴，就该回家了。叙述至此本应结束，却又奇峰突起，词人的小舟误入了藕花深处。这"误入"

◉作者简介◉

李清照（1084年—约1151年），号易安居士，济南（今属山东省）人。其父李格非，以文章受知于苏轼，著有《洛阳名园记》。自幼受到家庭教养，早有诗名。十八岁时嫁给赵明诚后，夫妇间伉俪情深，共同从事金石研究，校勘古籍。靖康之变，随夫流落江南，备尝离乱之苦。高宗建炎三年（1129年），赵明诚病故。此后颠沛流离，晚境凄凉。婉约派代表作家。其词清新自然，凄婉沉挚。有辑本《漱玉词》传世。今人辑有《李清照集》。

一句,恰与前面的"不知归路"相呼应,显示了主人公的忘情心态。

"争渡,争渡,惊起一滩鸥鹭",一连两个"争渡",表达了主人公急于从迷途中找寻出路的焦灼心情。由于焦急,词人奋力划着桨,激起了哗哗的水声,因而惊动了栖息在洲渚上的一群鸥鹭。

这首小令用词简练,将事、情、景集于一炉,写得活泼生动。

词的品赏知识

李清照前期的词

宋室南渡前,李清照的生活是十分幸福安定的,词风清新隽永,婉丽多情,题材集中于写自然风光和闺中情思,真实地反映了她的闺中生活和思想感情。

词人这一时期的作品不多,但寥寥的几首词就为我们塑造出一个充满诗意的美丽女子形象,叫人心生向往。这几首词有记日常游玩的《如梦令》(常记溪亭日暮),清新隽永;有闺中伤春的名作《如梦令》(昨夜雨疏风骤),将少女的伤春心境刻画得入木三分;有对美好爱情生活的向往的《点绛唇》(蹴罢秋千),细腻地表现出少女的心理活动;还有相思之作《醉花阴》(薄雾浓云愁永昼),词中句句含情,传达出其对丈夫赵明诚深挚的思念。

如梦令

◎李清照

昨夜雨疏风骤，浓睡不消残酒①。试问卷帘人②，却道海棠依旧。知否？知否？应是绿肥红瘦。

注释

①浓睡：指酒后酣睡。②卷帘人：指侍女。

译文

昨天夜里，雨点稀疏，晚风急猛，虽然酣睡了一宵，醉意依然没有消退。试问那卷帘的侍女（园中的海棠花怎么样了），她却说，海棠花还跟原先那样。你知道吗？知道吗？（一夜风雨过后）海棠应该是绿叶繁茂、红花凋零。

赏析

这首词作于词人早期。词人通过对询问花事的描写，曲折委婉地抒发了她伤春惜春的情绪。

"昨夜雨疏风骤，浓睡不消残酒"，暮春时节，最易引发人无限伤春情绪，更何况又逢着那刮风下雨的恼人天气。于极度愁苦中，词人开始借酒浇愁。酒醉后词人沉沉睡去，一觉醒来，酒意还未消散。

"试问卷帘人，却道海棠依旧"，词人惜花，醒来后所关心的第一件事就是园中海棠，她问侍女："院子里海棠怎样？"她以为经过风雨一夜的摧残，应该是落花满地了，没想到侍女却回答"海棠依旧"。

"知否？知否？应是绿肥红瘦"，词人不相信海棠还如昨天那般开满枝头。她认为园中的海棠应该是绿叶繁茂、红花稀少才是。这一对答写出了闺中人的惜春情怀，可谓是传神之笔。

这首词的末句为全词警句，常为后人所称道。胡仔《苕溪渔隐丛话》称："此语甚新。"《草堂诗余别录》评："结句尤为委曲精工，含蓄无穷意焉。"皆非虚誉。

一剪梅

◎李清照

红藕香残玉簟秋①。轻解罗裳,独上兰舟。云中谁寄锦书来?雁字回时,月满西楼。

花自飘零水自流。一种相思,两处闲愁。此情无计可消除,才下眉头,却上心头。

注释

①红藕:红色荷花。

译文

在红荷凋谢、竹席渐凉的秋天,我轻轻地解开罗裙(换上便装),独自登上了小舟。白云中是谁寄来了锦书?正是雁群排成"一"字或"人"字南归的时候,皎洁月光洒

满了西边的高楼。

花儿空自凋零，水空自流逝，一种相思之情，牵动两处闲愁。这种感情无法消除，刚从眉间散开，又泛上了心头。

赏析

这首词写相思，是词人因为怀念远别的丈夫所作。

"红藕香残玉簟秋"，首句写室外室内之景，这是一个荷花凋谢、竹席透生凉意的秋天。"轻解罗裳，独上兰舟"，词人独处闺中，愁绪无法排遣，便出外乘舟解闷。

"云中谁寄锦书来？雁字回时，月满西楼"，这是词人的想象。她想象着在一个月满西楼的夜里，大雁南回，捎来夫君的书信。这三句以婉曲的笔调表达了词人对于丈夫的深切思念。

"花自飘零水自流"，兰舟上的词人从想象又回到现实，只见落花飘零，流水自去。由盼望书信的到来，到眼前的抒写流水落花，一种无可奈何的伤感油然而生。

"一种相思，两处闲愁"，词人由自己思念丈夫赵明诚，进而联想到赵明诚同样也在思念自己，因为她深知这种相思不是单方面的。

"此情无计可消除，才下眉头，却上心头"，末三句为千古名句，造句十分新奇，赋予"愁"以动感，且将"愁"挥之不去，拂之又来的情态写了出来。而"才下眉头，却上心头"运用了语言上的对称所造成的既一致又矛盾的特点，产生出特有的艺术效果，且读起来朗朗上口，耐人寻味。

蝶恋花

◎李清照

暖雨晴风初破冻,柳眼梅腮,已觉春心动。酒意诗情谁与共?泪融残粉花钿重①。

乍试夹衫金缕缝②,山枕斜欹③,枕损钗头凤。独抱浓愁无好梦,夜阑犹剪灯花弄。

注 释

① 花钿:花朵形的首饰。② 夹衫金缕缝:金线缝制的夹衫。③ 山枕:垫得很高的枕头。欹:同"倚"。

译文

雨丝和暖,微风轻软,大地开始解冻复苏。绿柳初长,如媚眼微睁;红梅盛开,似香腮红透,已经察觉春心开始萌动。但是一腔酒意与诗情有谁可以与我共同分享?泪水流淌下来,脸上的香粉随之消融;(心情沉重)连头上戴的花钿也觉得沉甸甸的。

去试穿金线缝制的夹衫(以寻求宽慰),却只能无聊地斜倚着山枕,躺在枕上(辗转反侧难以入眠)结果连插在发髻上的凤头宝钗都折损了。孤独地怀抱着浓浓的愁绪,无法做个好梦,直至夜阑人静时仍然在剪弄灯花(以排遣寂寞与愁思)。

赏析

这首词当写于词人新婚不久后夫妻的一次小别期间,抒发的是闺中少妇对于远人的思念。

"暖日晴风初破冻,柳眼梅腮,已觉春心动",词人由春景着笔,描绘了一幅清新秀美的初春图:春归人间,万物复苏,柳芽新吐,红梅初绽,和风兼着细雨。面对着这美好的春光,哪个闺中女子不春心萌动呢?

"酒意诗情谁与共?泪融残粉花钿重",闺中少妇春心已动,却与夫君远别,无人与她诗酒相和,因而那无尽的伤春情致一消而散,心中只觉得索然无味,寂寞苦涩。

"乍试夹衫金缕缝,山枕斜欹,枕损钗头凤",词人通过描写思妇一连串疏懒的动作,表达了她内心的苦闷与无聊。

"独抱浓愁无好梦,夜阑犹剪灯花弄",词人将愁赋形,说思妇抱着愁,可见那愁情之深。因独守闺中心境愁苦,词人便去梦中寻求慰藉,但却始终无法入睡,直至夜阑人静之时,仍在剪弄着灯花。这两句写得非常生动传神,将词人对丈夫的思念刻画得细致入微。清词论家贺裳在《皱水轩词筌》中评这两句为"入神之句"。

鹧鸪天

◎李清照

寒日萧萧上琐窗①,梧桐应恨夜来霜。酒阑更喜团茶苦②,梦断偏宜瑞脑香③。

秋已尽,日犹长,仲宣怀远更凄凉④。不如随分尊前醉⑤,莫负东篱菊蕊黄⑥。

注 释

① 寒日:晚秋的太阳。晚秋打霜的早晨,因气温甚低,人们感觉不到阳光的热量,所以词人称这时

的太阳为寒日。琐窗：雕有连锁形图案的窗棂。②酒阑：饮酒结束的时候。团茶：茶饼。茶能解酒，特喜苦茶，说明酒饮得特别多；酒饮得多，则表明愁绪深重。③瑞脑：又叫龙脑，香料名，即冰片。④仲宣怀远：王粲，字仲宣，山阳高平人，建安七子之一，曾作《登楼赋》，以抒发怀乡的情思。⑤随分：随便。⑥东篱：指植有菊花的地方。

译文

寒日渐渐升高，光线慢慢爬上雕花的小窗，梧桐应该痛恨夜里霜降（打落了自己的叶子）。饮完酒之后更喜欢又浓又苦的团茶，梦断时偏偏只宜点燃瑞脑香（来驱赶忧愁）。

秋天已经结束了，但白昼依然漫长，王粲作《登楼赋》思乡怀远（却不得归）只能更觉凄凉。不如对着樽中美酒随意痛饮直到大醉，不要辜负了东篱中金黄的菊花。

赏析

这是一首怀乡词，为词人晚年流寓越中所作。词人将写景、叙事、怀古结合起来，抒发了浓浓的乡愁。

"寒日萧萧上琐窗，梧桐应恨夜来霜"，此词开头两句写秋景，寒日萧萧，梧桐染霜，一片凄冷。"酒阑更喜团茶苦，梦断偏宜瑞脑香"，"酒阑"谓饮酒结束的时候。"团茶"即茶饼。因为满怀愁绪，故借酒浇愁。这一饮就不知消停，喝得大醉，因而要以茶解酒。大醉后便倒头睡去，梦醒后闻到阵阵浓香，非常宜人。在这里词人以乐写哀，品茶之喜，嗅香之乐，词人不过是故作欢喜，企盼能消解内心愁苦。

"秋已尽，日犹长，仲宣怀远更凄凉"，"仲宣"即王粲，写有著名的《登楼赋》，抒发壮志未酬、怀乡思归的抑郁。词人在此以王粲思乡心情自况。"不如随分尊前醉，莫负东篱菊蕊黄"，归家既是空想，不如对着樽中美酒，随意痛饮，不要辜负了东篱黄菊盛开的大好秋光，这里词人故作超脱语，自我宽解，其中隐含无限愁苦。

醉花阴

◎李清照

薄雾浓云愁永昼,瑞脑销金兽①。佳节又重阳,玉枕纱橱②,半夜凉初透。

东篱把酒黄昏后,有暗香盈袖。莫道不消魂,帘卷西风,人比黄花瘦。

注释

①瑞脑销金兽:意谓香炉中的香快燃尽了。销:通"消"。金兽,兽形的铜香炉。②纱橱:纱帐。

译文

薄薄的雾气,浓厚的云层,总是烦恼白天太过悠长,兽形铜香炉中的香料渐渐燃尽。又到了重阳佳节,枕着玉枕睡在纱帐中,半夜阵阵凉意开始浸透。

黄昏后在菊圃里饮酒,有幽香飘来盈满衣袖。不要说我心中不黯然凄怆,西风卷起帘幕,人比菊花更加消瘦。

词的品赏知识

宋词中女性闺怨词的特点

第一,宋代女性闺怨词一般不以女性的外部形象为描摹重点,尤其不以艳情化的女性外部特征为描摹重点,女词人在抒发自己闺怨之情时,或者借助于写景,或者叙写自己真实生活中最具情感内涵的动作意态,或者干脆是呼告式的直接倾诉。如李清照这首《醉花阴》,词人并不着意去描写自己的外貌、装扮,而是细细描写自己的心理感觉,并寓情于景传达自己的相思。

第二,宋代女性闺怨词中的优秀作品,往往于传统意象群中嵌入一些作者感受最深的典型细节,写得十分真切,动人心弦。

赏析

这首词作于早期词人与丈夫的一次分别之后，词意在抒发孤居独处的少妇情怀。

"薄雾浓云愁永昼，瑞脑销金兽"，"薄雾浓云"是比喻香炉中飘出来的香烟。整个屋子里香雾弥漫，仿佛如词人的心境，愁绪溢满心头。孤独一人，纵使千般景致也无心去赏，只觉得时光过得那样缓慢。"佳节又重阳，玉枕纱橱，半夜凉初透"，秋天的夜里凉意透人，又是重阳佳节，却不能与丈夫共度，这令人分外伤怀。

"东篱把酒黄昏后，有暗香盈袖"，词人对酒赏菊。"东篱"取陶渊明"采菊东篱下"诗意。"莫道不消魂，帘卷西风，人比黄花瘦"，末三句直接抒发离愁，为全词词眼，将人与黄花作比，非常传神，刻画出了一个"为伊消得人憔悴"的少妇形象。

永遇乐

◎李清照

落日熔金①，暮云合璧②，人在何处？染柳烟浓③，吹梅笛怨④，春意知几许！元宵佳节，融和天气⑤，次第岂无风雨⑥？来相召，香车宝马⑦，谢他诗朋酒侣。

中州盛日⑧，闺门多暇，记得偏重三五⑨。铺翠冠儿⑩，捻金雪柳⑪，簇带争济楚⑫。如今憔悴，风鬟霜鬓⑬，怕见夜间出去。不如向、帘儿底下，听人笑语。

注释

①熔金：形容落日余晖，如同熔化的黄金。②合璧：像璧玉一样合成一块。③染柳烟浓：指柳树为浓雾所笼罩。④吹梅笛怨：指笛子吹出《梅花落》曲幽怨的声音。⑤融和：暖和。⑥次第：接着，转眼。⑦香车宝马：指华美的马车。⑧中州：这里指北宋都城汴京。⑨三五：指元宵节。⑩铺翠冠儿：饰有翠羽的

词的品赏知识

李清照后期的词

1127年，金人攻破汴京，掳走徽、钦二帝，北宋灭亡。国家的动荡打破了李清照平静的生活，她与丈夫赵明诚双双随难民流落江南。

乱离的生活使她的词作一改早年的清丽、明快，而充满了凄凉、低沉之音，主要是抒发伤时念旧和怀乡悼亡的情感，表达她在孤独生活中的浓重哀愁、孤独与惆怅。如《武陵春》中的"物是人非事事休"，《声声慢》中的"寻寻觅觅，冷冷清清，凄凄惨惨戚戚"，还有这首《永遇乐》中的"如今憔悴，风鬟霜鬓，怕见夜间出去。不如向、帘儿底下，听人笑语"，其中蕴涵无限辛酸，叫人不忍卒读。

女式帽子。⑪捻金雪柳：元宵节女子头上的装饰。⑫簇带：妆扮之意。⑬风鬟霜鬓：这里形容头发花白且蓬松散乱。

译文

夕阳好像熔化的金块，暮云合成一片仿佛浑圆的玉璧，我如今到底是身在何处？初生的柳叶如绿烟点染，听到幽怨的《梅花落》笛声，这时节到底还有多少春意？在这元宵佳节，恰是暖和的天气，转眼间难道就没有风雨降临？那些诗朋酒友驾着华丽的车马前来相召，我只能婉言谢绝这番好意。

都城汴京繁盛的岁月里，闺门中多暇日，记得特别看重三五上元节。帽子上镶嵌着翡翠珠宝，头上插着金线捻丝所制的雪柳做装饰，

（一个个都）穿戴得整整齐齐。如今却容颜憔悴，头发蓬松花白，害怕晚上出去。不如从帘儿底下，听一听别人的笑语。

赏析

这首词是写词人在一个元宵夜的感受。元宵夜里，大街上热闹非凡，有人邀请词人出外游玩，但词人却不愿意去，宁愿一个人待在家里听人家笑语。这首词通过对一个细小的生活场景的描写，表现出词人晚年心境的悲凉。

上片写词人在元宵夜的感受。"落日熔金，暮云合璧"，写日暮之景。云彩绚丽，场面开阔。在这美景之中，词人紧接发问道："人在何处？"点出自己的处境：异乡飘零。这凄凉的处境同吉日良辰形成鲜明对照。"染柳烟浓，吹梅笛怨"，此时正值早春，细柳如烟；梅花已残，忽听一阵哀怨的笛声。词人心情忧郁，虽然春色正浓，但她却说"春意知几许"，在她看来，那春色还远不是很浓郁的。"元宵佳节，融和天气，次第岂无风雨？"词人经历了太多变故，她已不相信美好了，现在天气看上去很暖和，但谁能保证就不会突然降下一场大雨呢？其中包含了词人世事无常的感叹。"来相召，香车宝马，谢他诗朋酒侣"，友人邀请她去观灯赏月，她却拒绝了，此时的她已经没有了赏灯玩月、吟诗作赋的心境。

下片通过写自己南渡前在汴京过元宵佳节的回忆，来衬托当前境况的凄凉。"中州盛日，闺门多暇，记得偏重三五。铺翠冠儿，捻金雪柳，簇带争济楚"，"中州"指北宋都城汴京，即今河南省开封市；"三五"，指正月十五日，即元宵节。当时，宋朝廷为了点缀太平，在元宵节极尽铺张之能事。据《大宋宣和遗事》记载，"从腊月初一直点灯到正月十六日"，真是"家家灯火，处处管弦"。其中提到宣和六年（1124年）正月十四日夜的景象："京师民有似云浪，尽头上带着玉梅、雪柳、闹蛾儿，直到鳌山看灯。"那时词人正年轻，兴致正好，经过一番精心打扮后，词人与一群女伴过街赏玩，那情形至今仍旧历历在目，那欢乐至今也还留在词人心中。"如

今憔悴，风鬟霜鬓，怕见夜间出去"，但如今已是人老头白，憔悴不堪了，词人再也没有力气像年轻时那样去凑热闹了。"不如向、帘儿底下，听人笑语"，不如就坐在帘子后，听人家笑语聊以自慰吧。末两句看似平淡，实蕴涵着词人巨大的人生伤痛与人生感慨。

这首词以南渡前后过元宵节时的场景作对比，抒写词人愁苦寂寞的情怀。上片就着眼前景物来抒写当下的心境，下片通过对比今昔抒写对故国的思念。全词寓情于景，跌宕有致。由今而昔，又由昔而今，形成今昔盛衰的鲜明对比。感情深沉而真挚，语言清新而平淡。

宋人张端义在《贵耳集》中评价这首词时说："易安居士李氏，赵明诚之妻。《金石录》亦笔削其间。南渡以来，常怀京、洛旧事，晚年赋元宵《永遇乐》词云：'落日熔金，暮云合璧。'已自工致。至于'染柳烟轻，吹梅笛怨，春意知几许'，气象更好。后段云'如今憔悴，风鬟霜鬓，怕见夜间出去"，皆以寻常语度入音律。炼句精巧则易，平淡入调者难。"

声声慢

◎李清照

寻寻觅觅，冷冷清清，凄凄惨惨戚戚。乍暖还寒时候，最难将息①。三杯两盏淡酒，怎敌他、晚来风急。雁过也，正伤心，却是旧时相识。

满地黄花堆积，憔悴损，如今有谁堪摘？守着窗儿，独自怎生得黑！梧桐更兼细雨，到黄昏、点点滴滴。这次第②，怎一个愁字了得？

注释

①将息：将养休息。②次第：情形，景况。

译文

独自寻寻觅觅，眼前却是冷冷清清，凄凉、惨痛、悲戚之情一齐涌来。（秋季）骤热或骤冷的时候，最难将养休息。饮下的几杯薄酒，怎么能抵御早上的急风寒意。天空中有大雁飞过，却是老相识了，于是更感到伤心。

地上到处是零落的黄花，憔悴枯损，如今还有谁能与我共同摘取？整天守在窗边，独自一人怎么才能挨到天黑？更兼黄昏时下起了绵绵细雨，一点点、一滴滴洒落在梧桐叶上（发出凄楚的声音）。这种境况，一个"愁"字怎么能够说尽！

赏析

这是一首秋夜抒怀词，作于词人晚年。宋室南渡，词人流离失所，晚年境况悲凉，于这首词中我们可以体味到词人那辛酸苦楚的心境。

上片主要用清冷之景来衬托孤寂、凄凉的心境。"寻寻觅觅，冷冷清清，凄凄惨惨戚戚"，七组十四个叠字，字字含情，声声是愁，写出了词人的孤独与凄清。她在寻觅什么呢？她没说，也许她自己也不知道。只感到四周冷冷清清，心境一片凄凉,真是愁煞人也。"乍暖还寒时候,最难将息",在词人满怀愁绪的时候,天气又陡然转寒,连身体也难调养了。"三杯两盏淡酒,怎敌他、晚来风急",想要喝两杯酒暖暖身子,可是酒的滋味却又那么淡,抵挡不住那一阵紧似一阵的急风。其实酒味未必淡,是词人愁绪太浓。"雁过也,正伤心,却是旧时相识",恰恰在词人愁绪正浓时,却看到旧时为她与丈夫传递书信的大雁,那大雁勾起了她无尽的悲伤。

下片紧承上片,直接抒情。"满地黄花堆积,憔悴损,如今有谁堪摘",看到那满地凋零的黄花,词人想到了自己,此时的自己不就憔悴似这残花吗?丈夫的早逝,社会的动乱,国家的灭亡,生世的浮沉,这一切都使得她变得憔悴不堪。"守着窗儿,独自怎生得黑",词人更进一步描述自己的寂寞凄苦。"梧桐更兼细雨,到黄昏、点点滴滴",在这孤苦难耐之时,窗外下起了细雨,雨滴落在梧桐上,一声一声,分外强烈,直击在词人心上。"这次第,怎一个愁字了得",这情形,一个愁字怎概括得尽呢!末两句欲语还休,饱含着老迈的词人多年的辛酸苦楚,读来感人肺腑。

满江红

◎岳飞

怒发冲冠,凭栏处,潇潇雨歇。抬望眼,仰天长啸,壮怀激烈。三十功名尘与土,八千里路云和月。莫等闲,白了少年头,空悲切!

靖康耻①,犹未雪;臣子恨,何时灭?驾长车,踏破贺兰山缺②。壮志饥餐胡虏肉,笑谈渴饮匈奴血。待从头,收拾旧山河,朝天阙!

注释

①靖康耻:指靖康二年(1217)徽、钦二帝被掳入北廷之事。②贺兰山:在今内蒙古境内,此代金人基地。

译文

愤怒得头发直竖将帽子顶起,倚靠栏杆之时,急骤的风雨刚刚停歇。抬起头放眼远望,仰面朝天放声长啸,豪壮的情怀剧烈激荡。三十年来建立的功名犹如尘土,八千里的漫长征途上只有云和月相随。好男儿要抓紧时间为国建功立业,不要空空将青春消磨,到老时徒自伤悲。

靖康之变的奇耻大辱,至今尚未洗雪;为人臣子的愤恨,什么时候才能泯灭?驾着战车踏破贺兰山

◎作者简介◎

岳飞(1103年—1141年),字鹏举,相州汤阴(今属河南省)人。南宋抗金名将,官至枢密副使,封武昌郡开国公。曾率军大败金兵,收复北方大片失地,后为高宗、秦桧召回,并以"莫须有"的罪名杀害。一生虽戎马倥偬,却能诗文,且善书法。存词仅三首,内容多为抗金的伟大抱负和壮志难酬的感慨,风格悲壮,意气豪迈。

的重重险关。满怀壮志，饿了就吃敌人的肉；谈笑间，渴了就喝敌人的血。等我重新收复了旧日的河山，再去朝拜天子的宫阙。

 赏析

这是一首慷慨激昂的爱国词作，为千古所传诵。

上片写词人报国立功的宏伟心愿。"怒发冲冠，凭栏处，潇潇雨歇。抬望眼，仰天长啸，壮怀激烈"，第一句"怒发冲冠"就奠定了全词激昂豪宕的感情基调，接着词人描写自己：在潇潇的雨声停歇的时候，他凭栏望远，仰天长啸，壮怀激烈。

投降派委曲求和，宋朝廷抗战不力，这令词人愤恨不已。

"三十功名尘与土，八千里路云和月"，词人认为功名不过如尘土，而抗金救国才值得用一生去为之奋斗。"莫等闲，白了少年头，空悲切"，这两句反映了词人积极进取的精神。要抗敌必须趁着年轻力壮之时，这是词人对自己对他人的勉励与劝诫。

下片写词人收复中原的信心。"靖康耻，犹未雪；臣子恨，何时灭？驾长车，踏破贺兰山缺"，"靖康"是宋钦宗赵桓的年号。"靖康耻"，指宋钦宗靖康二年（1127年），京城汴京和中原地区沦陷，徽宗、钦宗两个皇帝被金人俘虏北去的奇耻大辱。国恨未雪，臣子的恨也不会消除。因而他要驾着战车，消灭敌军。"壮志饥餐胡虏肉，笑谈渴饮匈奴血"，充分表达了词人对敌人的刻骨仇恨和报仇雪耻的决心。

"待从头，收拾旧山河，朝天阙"，这两句说，等到击退敌军、收复中原之日，就去向圣上报捷。这里表达了词人的赤胆忠心以及抗金必胜的信心。

钗头凤

◎陆游

红酥手①，黄縢酒②，满城春色宫墙柳。东风恶，欢情薄。一怀愁绪，几年离索。错，错，错！

春如旧，人空瘦。泪痕红浥鲛绡透③。桃花落，闲池阁。山盟虽在，锦书难托。莫，莫，莫！

注释

①红酥手：红润白嫩的双手。②黄縢酒：黄纸封坛的美酒。③浥（yì）：浸湿。鲛（jiāo）绡：丝帕。

译文

红润洁白的手，捧着黄纸封坛的美酒，满城春色盎然，宫墙旁边柳色依依。东风是多么可恶，把浓郁的欢情吹得稀薄，满怀愁绪，分别的几年间总是感到萧索，回忆往事不由感叹："错！错！错！"

春色和旧日一样，人却（因为相思而）空自消瘦，胭脂尽数溶在泪水中，将丝帕都浸透了。桃花已经凋落，池塘亭阁也冷落了。从前的山盟海誓虽然还在，可是想要托

◦作者简介◦

陆游（1125年—1209年），字务观，号放翁，越州山阴（今浙江省绍兴市）人。绍兴间应礼部试，因名列秦桧孙秦勋之上，被秦桧以"喜论恢复"为由除名。孝宗朝赐进士出身，任枢密院编修兼类圣政所检讨。历任镇江、隆兴、夔州通判，入川为王炎幕府，范成大帅蜀时，被邀为参议。因力主抗金罢官，居乡二十余年，后官至宝章阁待制。著名爱国诗人，诗作颇丰，多抒爱国之志，风格雄放。词风多变，既有圆润清逸之作，又多伤时忧国之篇。有《剑南诗稿》《渭南文集》、词集《渭南词》等。

人捎封信给她都很困难，只能沉痛而无奈地长叹道："莫！莫！莫！"

赏析

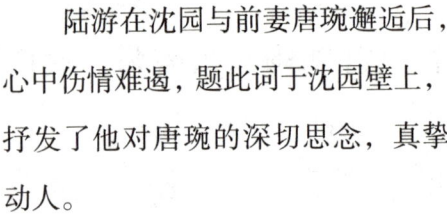

陆游在沈园与前妻唐琬邂逅后，心中伤情难遏，题此词于沈园壁上，抒发了他对唐琬的深切思念，真挚动人。

词的上片追忆两人美满的爱情生活，并感叹自己与唐氏被迫分离的痛苦。"红酥手，黄縢酒。满城春色宫墙柳"，回忆往昔与唐琬携手游春的美好情景。那时满城春色，杨柳依依，词人牵着妻子红润的酥手，把酒赏春。

"东风恶，欢情薄，一怀愁绪，几年离索，错，错，错"，写词人被迫与唐氏离异后的痛苦心情。美好的生活却如此短暂，很快两人便被那险恶的人情世风拆散。"东风"是一种象喻，象喻造成词人爱情悲剧的"恶"势力。邪恶的"东风"将美满姻缘拆散，使词人饱受思念的折磨。接下来，一连三个"错"将感情表达得极为沉痛。

词的下片，由感慨往事回到现实，进一步抒写自己对妻子的深切思念。"春如旧，人空瘦。泪痕红浥鲛绡透"，沈园重逢，唐琬已被分离的哀痛折磨得面容憔悴、身形消瘦了。

"桃花落，闲池阁，山盟虽在，锦书难托，莫，莫，莫"，写词人与唐氏相遇以后的痛苦心情。桃花凋谢，园林冷落，这凄清之景其实是词人内心的写照。他自己的心境，也如同那"闲池阁"一样凄寂冷落。

接着词人又转入直接赋情："山盟虽在，锦书难托。"虽然自己的心坚定如磐石，痴心未改，但是，这样一片赤诚的心意却又不能向爱人诉说。既然这样不如快刀斩乱麻，将这情丝斩断。

诉衷情

◎陆游

当年万里觅封侯，匹马戍梁州①。关河梦断何处？尘暗旧貂裘②。胡未灭，鬓先秋③，泪空流。此生谁料，心在天山④，身老沧洲⑤。

注释

①梁州：在今陕西汉中一带。陆游四十八岁时在汉中川陕宣抚使署任职，过了一段军旅生活。②尘暗旧貂裘：意谓貂裘上积满了尘土，颜色也因日久而改变。暗，形容词作动词，变得暗淡。③鬓先秋：意谓鬓发早已斑白如秋霜。④天山：祁连山脉，在今甘肃境内，此处指代抗金前线。⑤身老沧洲：陆游晚年退隐于故乡绍兴镜湖边的三山。沧洲，古时隐士所居之处。

译文

当年奔赴万里之外的边疆，寻找建功封侯的机会，单枪匹马戍守梁州。从保卫边疆的梦境中醒来，我身在何处？在军中穿过的貂皮裘衣已经积满了灰尘，变得又暗又旧。

胡人还未消灭，双鬓却早已斑白如秋霜，只能任由眼泪白白流淌。谁能料到我这一生，心始终在天山，人却终老于沧洲！

赏析

这首词也是作者晚年隐居山阴后所作。词人此时已年近七十，却仍壮怀激烈，心系国事，渴望王师早日收复中原。这首词抒发了词人无路请缨的悲哀，抒发了他年华易老的沉重感慨。

上片回忆自己早年的戎马生涯，慨叹其后长年闲居废置、报国无门的境遇。当年词人是何等英勇，奔赴前线，抗战杀敌。可是不到半年，他就被调离前线，从此关塞河防，只能在梦中出现，而梦醒却不知身在何处，只看到久久弃置的旧时戎装。南宋朝廷无心收复失地，词人被闲置已久。

下片抒情，抒发胡人未灭、青春不再、报国无门之悲。想到胡虏未灭，两鬓已经斑白，词人不禁老泪纵横。最后三句道出了词人一生的悲剧，其中含有无限悲愤。"天山"代指抗敌前线，"沧洲"指闲居之地。回顾自己的一生，词人悲哀地发现自己的心始终驰骋于疆场，他的身却老在沧洲，这是他往日没有料到过的。"谁料"二字写出了词人的失落与错愕，抒发了他对南宋统治者强烈的不满。

钗头凤

◎唐琬

世情薄，人情恶，雨送黄昏花易落。晓风干，泪痕残。欲笺心事，独语斜阑。难，难，难！

人成个，今非昨，病魂常似秋千索①。角声寒，夜阑珊②。怕人寻问，咽泪装欢。瞒，瞒，瞒！

注释

①秋千索：吊着秋千的绳子。
②阑珊：将尽。

译文

世情凉薄，人情险恶，黄昏时的雨中花儿最易凋落。晨风吹干了泪水，泪痕还残留在脸上，想要写下心事，独自倚着栏杆，哀叹："难，难，难！"

两人各自离散，今非昔比，染了重病的身体好似摇摇荡荡的秋千索。愁听清寒的号角声，直到长夜将尽。因为怕人询问，还要咽下泪水强装欢笑，只有："瞒，瞒，瞒！"

赏析

唐琬是南宋才女，大诗人陆游的妻子。他们俩夫妻恩爱，整日沉醉在新婚的幸福之中。可好景不长，陆游的母亲不喜欢这个儿媳，硬生生将两人拆散，唐琬另嫁他人。一个春日，唐琬与夫君一同来到沈园游春，突然迎头撞见陆游，两人四目相望，含情含怨，却没有

⊙作者简介⊙

唐琬，生卒年不详。陆游的表妹，也是陆游的第一任妻子。字蕙仙。自幼文静灵秀，才华横溢。与陆游婚不足三年，因陆母反对而被迫分离，后改嫁赵士程，怏怏早终。《全宋词》存其词一首。

办法再互通情愫。陆游离开沈园时题了一首词《钗头凤》于沈园壁上,唐琬看到了,便和了这首《钗头凤》。

"世情薄,人情恶"是词人对两人分离的原因归述,世风凉薄,人心险恶。"雨送黄昏花易落"这里用了象征的手法,将自己比喻成枝头的花儿,而雨则象征着险恶的人情,将明媚鲜妍的花儿打落。这里点明了唐琬悲惨的处境。"晓风干,泪痕残",分离实在令词人痛苦,被雨水打湿的花儿已被晓风吹干,而自己泪痕却至天明时分,还挂在脸上。"欲笺心事,独语斜阑。"词人想把自己一片相思之情用信笺写下来寄给对方,却倚着栏杆,犹豫着要不要动笔。"难,难,难!"她终于没有这样做。原因在一开始其实就说明了,世风凉薄,人情险恶。若将信笺寄出去,不知要生出多少枝节。

"人成各,今非昨,病魂常似秋千索",写的是两人现状,两人如今已是相隔天涯,孤身只影,昨日的欢乐如花落一般消逝了,思念整日萦绕于词人心头,令她袭了一身病,这是多么凄凉的遭际。"角声寒,夜阑珊。怕人寻问,咽泪装欢",这几句承前面三句而来,心中有无限苦楚,却不能说与人知道,只能强颜欢笑,更显词人处境之凄凉。

蝶恋花

◎ 范成大

春涨一篙添水面①。芳草鹅儿②，绿满微风岸。画舫夷犹湾百转③，横塘塔近依前远④。

江国多寒农事晚⑤。村北村南，谷雨才耕遍。秀麦连冈桑叶贱⑥，看看尝面收新茧⑦。

注释

①一篙：指水的深度。②鹅儿：小鹅。③夷犹：迟疑不前。④横塘：是一个大水塘，在苏州西南。⑤江国：水乡。多寒农事晚：是说因为水寒，旱地早已种植或翻耕了，水田则要晚些。⑥秀麦：出穗扬花的麦子。⑦看看：即将之意。

译文

春水涨了一篙深，水面扩大了。芳草茵茵，有鹅儿栖息其中。微风将绿色吹满了河岸。画船迟疑徘徊，在水湾里百转不前，看着横塘塔好像近了，其实依然在前方很远的地方。

水乡气温偏低，农事要晚些，直到谷雨前后，村南村北的田地才被耕种遍了。秀麦一冈连着一冈，桑叶太多价格变得低贱，很快就可以尝到新面并收取新茧。

◯作者简介◯

范成大（1126年—1193年），字致能，号石湖居士，平江吴郡（今江苏苏州）人。绍兴二十四年（1154年）进士，在任期间颇有政绩。孝宗乾道六年（1170年）奉命出使金国，慷慨陈词，不辱使命，官拜参知政事，晚年退居石湖。谥文穆。作品清逸淡远，与尤袤、杨万里、陆游合称"中兴四大家"。曾手定诗文为《石湖诗文集》，至清代尚存，今则佚文存诗。有《石湖词》一卷。

赏 析

本词是范成大的一首田园词，意境清新自然，与他著名的《四时田园杂兴》将近。范成大其人有才更有为，是南宋中兴时期很有才干的官员，受许多人的景仰。南宋时期在政治上软弱妥协，农业手工业却发展颇快，许多爱国之士都因政见与朝堂相左而隐居于世，范成大也是其中一员，也因此成就了他自成一家的田园诗词。

上片大略讲述了春天的美好风景：春水初涨，微风中嫩嫩的芳草已经铺满岸边。画舫顺着百转千回的河道慢慢前行，横塘的塔看似很近，却还有些距离，正好可以领略这一路春光。下片侧重点放在农事上，写得颇有味道。先说天气寒冷农事较晚，水稻才刚刚种下。下一句话锋一转，麦子却已经熟了还没有来得及收割，桑叶也便宜了，人们欢欢喜喜将要去尝面收茧，似乎预见了这一年里人们丰衣足食的好日子。

这首词体现了田地间春意盎然的一幕，笔调清新愉悦，将景物与农事描写得自然连贯，是很有特色的词作。

青玉案 元夕

◎辛弃疾

东风夜放花千树①,更吹落,星如雨②。宝马雕车香满路③。凤箫声动④,玉壶光转⑤,一夜鱼龙舞⑥。

蛾儿雪柳黄金缕⑦,笑语盈盈暗香去⑧。众里寻他千百度,蓦然回首,那人却在,灯火阑珊处⑨。

注释

①花千树:形容灯火之多如千树花开。②星如雨:比喻满天的焰火。一说指灯火之盛。③宝马雕车:装饰精美华丽的马车。④凤箫声动:指音乐演奏。《神仙传》卷四曾记载弄玉吹箫引凤的故事,故称箫为"凤箫"。⑤玉壶:花灯的一种。一说为月亮。⑥鱼龙舞:指玩鱼灯、龙灯。⑦蛾儿雪柳:都是古代妇女于元宵节插戴在头上的用绢或纸制成的应时饰物。黄金缕:此处指以金为饰的雪柳,雪柳有丝缕垂下,故云"黄金缕"。⑧盈盈:仪态美好。暗香去:指美人离去。暗香,幽幽的香气。⑨阑珊:零落、稀疏。

译文

东风起,黑夜中绽放出千树银花,还吹得星星似的灯火如雨点般洒落下来。华贵的马车经过,整条

◎作者简介◎

辛弃疾(1140年—1207年),字幼安,别号稼轩居士,历城(今山东省济南市)人。早年曾率众参加耿京领导的抗金义军,任掌书记。历任地方通判、提点刑狱、转运副使、安抚使等职。多次上书力主抗金复国,皆不为所用。后闲居江西上饶、铅山一带达二十年之久,晚年出任浙东安抚使及镇江知府,不久去位,忧愤以终。词风豪放,与苏轼齐名,并称"苏辛"。存词六百多首,为两宋词人之冠。有《稼轩长短句》。

路上都弥漫着香气。悠扬的凤箫声响起，玉壶光芒流转，鱼形和龙形的彩灯彻夜都在舞动。

姑娘们插着蛾儿，戴着雪柳，佩着黄金缕，说说笑笑，娇媚轻盈，醉人的幽香随之而去。我在众人之中千百遍地寻找她，忽然回过头，那个人却正站在灯火零落的幽暗之处。

赏析

这是一首深有寄托的词，词作通过对元宵节绚丽多彩的热闹场面的极力渲染，反衬出一个自甘淡泊、不同流俗的女性形象，寄托着作者政治失意后，不愿与世俗同流合污的孤高品格。

上片写元宵之夜的盛况。灯火辉煌，歌舞腾欢，一片繁华热闹。花千树、星如雨、玉壶转、鱼龙舞，灯火之繁多，如在目前。这样热闹的夜晚，自然是游人如织，上至王公贵族，下至平民百姓，无不走出家门，涌上街头，共庆佳节，真正是车如流水马如龙。

下片重在描述一个具体的人。前两句写观灯的女子，她们无不身着盛装，头戴金翠，打扮得花枝招展，但词人苦苦追寻的人却不在其中。

最后四句为全篇警句，在倾城狂欢之中，词人等待着意中人的到来，却久望不至，心中的怅然和失落可想而知。可是猛然间转头一望，却发现那人却在"灯火阑珊处"。那群笑语盈盈的女子不过是词人意中人的陪衬，衬托"那人"的孤高淡泊。

梁启超在《艺蘅馆词选》中评论说："自怜幽独，伤心人自有怀抱。"词人在闲居期间作下此词，以那个独立于灯火阑珊处的女子自喻，寄托了他不甘流俗的怀抱。

清平乐 村居

◎辛弃疾

茅檐低小①,溪上青青草。醉里吴音相媚好②,白发谁家翁媪③。大儿锄豆溪东④,中儿正织鸡笼。最喜小儿无赖⑤,溪头卧剥莲蓬⑥。

注释

①茅檐:茅屋的屋檐。②吴音:作者当时住在江西东部的上饶,这一带古时是吴国的领土,所以称这一带的方言为吴音。相媚好:这里指使自己感到亲切。③翁媪(ǎo):老头、老太太。泛指老人。④锄豆:锄掉豆田里的草。⑤无赖:这里意思是指顽皮、淘气。⑥卧:趴。

译文

茅屋的屋檐又低又小,溪边长满翠绿的青草。酣醉时听见有人用

吴地的方言互相逗趣取乐,那是谁家白发苍苍的老头老太?

大儿子在小溪东边的豆地里锄草,二儿子正忙于编织鸡笼。最令人欢喜的是顽皮淘气的小儿子,正趴在溪头草丛,剥着刚刚采下的莲蓬。

赏析

词人闲居江西信州期间,写下了一部分表现农村悠闲生活的作品,这首词就是其中的代表作之一。词人描绘了一户农家五口人的生活情态,体现了村居生活的闲适与和谐。

词人带着醉意走在乡间,乡间的风光是多么美好:屋檐低矮,溪岸边草色青青。"青青草"说明春天已到,正是农忙的季节。走着走着,突然听到亲切悦耳的吴音,那是一对白发苍苍的农家老年夫妇在茅屋前闲话。继而又看到他们的三个儿郎,竟是一律的忙碌:老大在溪东豆地锄草,老二在编织鸡笼,最年幼的小儿子也不甘清闲,淘气地趴在溪边剥着莲蓬。村居生活真是活泼有趣!

这首词着力于刻画人物,表现农人日常生活的原有风貌,表现了生活之美和人情之美,体现了作者对田园生活的羡慕与向往。

词的品赏知识

苏轼和辛弃疾词的比较(一)

苏轼和辛弃疾都为豪放词派的代表,两人词风都有许多相似:一、两者的词都意境阔大,风格豪迈狂放;二、两者都有以文为词的特点,不拘泥于词的格律;三、两者在题材、风格、技巧上都进行了大胆的开拓与创新;四、两者的词中都饱含着浓烈的奔放的豪情,表达了词人的对生活无比热爱和豁达的乐观态度,以及要求为国家建功立业的理想。

就《水龙吟·登建康赏心亭》来看,词中表达的是词人报国无门、英雄迟暮的悲愤,气象阔大而悲壮,为典型的豪放派作品。其风格与苏轼《浪淘沙》(大江东去)等词作极为相似。

西江月 夜行黄沙道中

◎辛弃疾

明月别枝惊鹊，清风半夜鸣蝉。稻花香里说丰年，听取蛙声一片。七八个星天外，两三点雨山前。旧时茅店社林边①，路转溪桥忽见②。

注释

①社林：土地庙附近的树林。社，土地神庙。古时，村有社树，为祀神处，故曰"社林"。②见：同"现"。

译文

明亮的月光惊起了枝头的乌鹊，夜半时分，清风送来阵阵蝉鸣。（农人在）稻花的清香中谈论丰收，青蛙的叫声连成一片。

七八个星星点缀着夜空，两三点雨滴落在山前。从前落过脚的社林边的茅店，在转过小路的溪桥边倏然出现。

赏析

这是词人记自己夜里在乡村赶路时见到的景物以及心中所感，写得轻快活泼。

词人用清新明快的笔调为我们勾勒出一幅农村月夜图：夏天的傍晚，天上缀着几颗星星，月亮从树梢间升起。一片稻花香里农夫们快活地说着丰收的年景。走在小路上的词人耳边还不时传来蛙声蝉鸣。

"明月别枝惊鹊"，说的是皎洁的月光惊起了栖宿的乌鹊。这一场景不仅细致，而且非常写实，因为乌鹊对光线极其敏感，日蚀和月落时都会乱飞乱啼，只有亲眼见过这一场景的人才能体会出这句的妙处。而且"惊鹊"常常会啼叫，不说啼而啼自见，在字面上又可以避免与"鸣蝉"形成单调的重复。

"稻花香里说丰年，听取蛙声一片"，点明时间是在夏季，并且属于农村特有的典型环节。这两句将农村夏夜的热闹气氛和欢乐心情写得极为鲜活。

"七八个星天外"，暗示时间

上有所推进——已经到了下半夜，快要天亮了。这里出现了一个小小的波澜：开始下雨了，这对夜行人来说是一个不小的麻烦。"旧时茅店社林边，路转溪桥忽见"运用了倒装的手法，有力地表现了"忽见"时的惊喜之意，与"山重水复疑无路，柳暗花明又一村"有异曲同工之妙。

这首《西江月》原题为《夜行黄沙道中》。全词共有八句，前六句却全是写景，只有最后两句才见出现"夜行"，而这两句对全词又起了返照作用，于是成了每句都写夜行。

这首词采用动静结合的手法，于寂静中我们又能体会到它的热闹，将月夜景色描绘得令人悠然神往，极富艺术魅力，所以广为传唱。

丑奴儿 书博山道中壁

◎辛弃疾

少年不识愁滋味,爱上层楼,爱上层楼,为赋新词强说愁。
而今识尽愁滋味,欲说还休,欲说还休,却道天凉好个秋!

译文

少年时不知道愁的滋味,爱登高楼,爱登高楼,为了新作首词而勉强说愁。

现在尝尽了愁的滋味,想说却说不出,想说却说不出,最后却只能说道:"好一个凉爽的秋日啊!"

赏析

这首词是辛弃疾闲居带湖时的作品。

词人通过少年时期和老年时期心境的对比,写了两种截然不同的思想感情及中间的变化过程,抒发了自己的一腔忧愁。

上片回忆少年时期。少年时,无忧无虑,喜欢登高望远,赏玩景致。当时尚未经历人世的艰辛,心境单纯,并没有什么愁苦可言,但为了写出一些有意味的词,只好强说忧愁来应景。在这里,词人生动地写出了少年时代的纯真与幼稚。

下片述说老来的心境。经历了坎坎坷坷的一生,积极抗金、出谋划策、力主收复中原,却得不到朝廷重视,壮志难伸。一句"识尽愁滋味"将作者饱经沧桑的前半生尽数囊括了进去。这一切积压在他心底,转化成一腔忧愤。他很想获得别人的理解与支持,很想找个人来诉说自己心底的愁苦,却随即想到朝廷昏庸,有抱负有才能的人统统受到压抑,说了也无济于事,可能还会惹祸上身,于是干脆回避不谈,说些不相干的话聊以应景。"欲说还休"深刻地表现了词人这种矛盾而痛苦的心情,愁苦与无奈溢于言表,而叠句的形式有力地加强了这种艺术效果。

这首词看似平白易懂,却深有意味,其中蕴藏了作者内心深处的痛苦与矛盾。

破阵子 为陈同甫赋壮词以寄之

◎辛弃疾

醉里挑灯看剑，梦回吹角连营。八百里分麾下炙①，五十弦翻塞外声②。沙场秋点兵。

马作的卢飞快③，弓如霹雳弦惊。了却君王天下事④，赢得生前身后名。可怜白发生！

①八百里：广布八百里的军队。麾下：将旗之下。②五十弦：瑟。③的卢：三国时期刘备的坐骑，其奔跑的速度飞快。④君王天下事：抗金复国的大业。

酒醉中挑亮油灯抽剑细看，梦中仿佛又回到了号角彻响的军营。广布八百里的军营将士都能分到犒

劳的烤牛肉，乐器奏起了边塞的歌曲，（这是）秋天在战场上阅兵。

战马跑得像的卢一样飞快，弓弦声音很大，如霹雳惊雷一般。为君王了结了天下大事，博得生前死后的美名。只可惜白发已生！

赏析

陈亮是辛弃疾的好友，他们有着相同的政治主张，都力主抗金。宋淳熙十五年（1188年），陈亮与辛弃疾曾经在江西鹅湖商量恢复大计，但是后来他们的计划全都落空了。这首词可能是这次约会前后的作品。

这首词通篇写的都是作者想象中的抗金军队中的生活。上片写军营的清晨。天还没亮兵士们就起来了，军营响起嘹亮的号角声。接着写将士们用餐，用餐时还奏起了军乐，真是豪壮无比。下片写激烈的战斗。前两句写出了将士们的骁勇善战。后两句，描写战斗获胜，大功告成时将军意气昂扬的神情。末句突然一转，转入现实，白发已生，收复祖国河山的壮志却还未实现，也看不到实现的可能。这一转使人的心情一下子由山顶跌落谷底，突出了现实与理想的矛盾。

词的品赏知识

苏轼和辛弃疾词的比较（二）

苏轼和辛弃疾词风的不同点如下：一、就风格上来看，同属于豪放雄阔的风格，苏轼词较偏于潇洒疏朗、旷达超迈，而辛词则给人以慷慨悲歌、激情飞扬之感。二、就内容上来看，苏轼常以旷达的胸襟与超越的时空观来体验人生，常表现出哲理式的感悟，颇多哲理词；辛弃疾则把洗雪国耻、收复失地作为自己的毕生事业，爱国词作居多。

《永遇乐·京口北固亭怀古》是稼轩的代表作，词中表现出他报国无门的悲伤，寓豪放与沉郁为一体，但东坡个性洒脱，虽仕途不顺，但他始终能够很洒脱地看待生命中的挫折和不满意，词风在豪放之外，透露出一股清旷之气。

踏莎行

◎姜夔

自沔东来①,丁未元日至金陵②,江上感梦而作。

燕燕轻盈,莺莺娇软,分明又向华胥见③。夜长争得薄情知,春初早被相思染。

别后书辞,别时针线,离魂暗逐郎行远。淮南皓月冷千山,冥冥归去无人管④。

注释

①沔东:唐、宋州名,今湖北汉阳(属武汉市),姜夔早岁流寓此地。②元日:正月初一。③华胥:指梦。④冥冥归去无人管:指离魂在夜里归去,孤苦伶仃,无人照管。

译文

燕子轻盈,莺儿娇软,(我们)分明又在华胥国相见。她说:"长夜寂寂,薄情郎哪知(我的)清苦,虽是初春时节,却早早染上相思之病。"

(看着)别后的书信,(穿着)离别时缝制的衣裳,(她的)魂魄仿佛也暗暗跟随着我去远方。淮南明月下群山冷寂,(她的)魂魄在寂夜中黯然离去,(孤苦伶仃),无人照料。

◎作者简介◎

姜夔(1155年—1221年),字尧章,自号白石道人,鄱阳(今江西省波阳县)人。幼时随父官居汉阳。宁宗庆元三年(1197年)上《大乐议》,两年后又上《圣宋铙歌》,诏许免解应礼部进士试,不中,以布衣终身。漂泊苏杭扬淮间,依名流雅士为清客。精通乐律,工诗词,善翰墨。词作感慨时世、抒写恋情,或写景咏物、记述郊游。雕词琢句,韵律和谐,格调高旷,寄意幽邃。词有《白石道人歌曲》。

赏析

这首词作于孝宗淳熙十四年（1187年）正月初一，金陵附近的江上小舟中。漂泊在外的词人做了一梦，梦见自己久违的爱人，勾起了词人的无尽思念。词虽短小，却写得迂回曲折，寒而不尽。

上片写梦。虽然是描写梦境，但词人并不急于点破，而是着力刻画爱人的形象。"莺莺""燕燕"两句写出了爱人轻盈、娇软的体态以及举止谈吐，使读者有见其人、闻其声之感。然后才以"分明"句点破上面所写之人是在梦中，两人正在华胥国相见。

"夜长争得薄情知，春初早被相思染"一句写梦中爱人的嗔怪，一句写自己思念的深浓，两人互诉衷情的场面宛然在目。

下片写梦醒后的情景。梦醒以后，词人看到别后爱人的书信和刺绣，自然睹物思人起来。他想象着爱人的魂魄跟随着自己远行，与自己在梦中相会。这里借用了极富浪

漫情调的倩女离魂故事，设想爱人正如倩女一般，化作离魂，不远千里前来与自己相会。梦醒后便与月一同悄然归去，无人照管。末二句极为后人推赏，月夜之景与词人内心活动相互映衬，暗示出词人内心的无限深情。

齐天乐

◎姜夔

丙辰岁①，与张功父会饮张达可之堂，闻屋壁间蟋蟀有声。功父约予同赋，以授歌者。功父先成，辞甚美。予徘徊茉莉花间，仰见秋月，顿起幽怨，寻亦得此。蟋蟀，中都呼为促织②，善斗。好事者或以三二十万钱致一枚，镂象齿为楼观以贮之。

庾郎先自吟愁赋③，凄凄更闻私语。露湿铜铺④，苔侵石井，都是曾听伊处。哀音似诉，正思妇无眠，起寻机杼。曲曲屏山，夜凉独自甚情绪？

西窗又吹暗雨，为谁频断续，相和砧杵？候馆迎秋，离宫吊月，别有伤心无数。豳诗漫与⑤，笑篱落呼灯，世间儿女。写入琴丝，一声声更苦。

注释

①丙辰岁：宁宗庆元二年（1196年）。②中都：指杭州。③庾郎：指庾信，曾作《愁赋》。④铜铺：装在大门上用来衔环的零件。⑤豳(bīn)诗：《诗经·豳风·七月》："七月在野，八月在宇，九月在户，十月蟋蟀入我床下。"

译文

庾信先是顾自吟咏着《愁赋》，心中凄惶之时又听见一阵私语声。露水打湿了铜铺首，青苔侵入了水井的石缝间，这些都是曾经听见你鸣叫的地方。声音哀婉好像在诉说着什么，思妇正失眠，起来寻找机杼。面对着屏风上曲曲折折的山路，独自一人坐在凉夜里是什么心情呢？

西窗又吹起夜雨，蟋蟀是为谁而频频发出断断续续的声音，应和着砧杵声呢？在旅店中迎接寒秋，在离宫凭吊冷月，另有无数伤心事。《豳风》曾率意描写过它，世间的小儿女蹲在篱笆旁，兴高采烈地喊叫着拿灯来看蟋蟀。但将这哀切的蟋蟀声糅进琴声，一声一声更为悲苦。

赏析

这首词是词人于宋宁宗庆元二年（1196年）在首都临安所写。

"庾郎"二句奠定了全文基调，即"愁"。庾信曾出仕南朝梁，后出使西魏，梁灭亡，便被迫羁留北国。姜夔所处的宋金对峙的时代与庾信所处的南北朝时期相似。词人是借庾信来抒发他的家国之慨，他渴望早日结束乱离，回到故国。"露湿"三句，写的是幽闭的失意人和寂寞的闲散之士，那蟋蟀的哀鸣正如同在诉说他们的幽怨与寂寞。"正思妇"几句转入闺情，秋夜的哀音最使那怀念游子的思妇伤心。

下片紧承上片，蒙蒙细雨飘落西窗，断断续续又传来捣衣声，词境愈加凄清。"候馆"四句写羁旅之人，飘零他乡，心情本就愁苦，那蟋蟀的鸣叫更添凄凉。在这整篇都写怨情之间，突然插入"笑篱"二句，看似突兀，却别有用心。用那不知愁滋味的小儿女衬托有心人之苦。

翠楼吟

◎姜夔

淳熙丙午冬，武昌安远楼成，与刘去非诸友落之，度曲见志。予去武昌十年，故人有泊舟鹦鹉洲者，闻小姬歌此词，问之，颇能道其事，还吴为余言之；兴怀昔游，且伤今之离索也。

月冷龙沙，尘清虎落①，今年汉酺初赐②。新翻胡部曲③，听毡幕元戎歌吹④。层楼高峙。看槛曲萦红，檐牙飞翠。人姝丽⑤，粉香吹下，夜寒风细。

此地，宜有词仙，拥素云黄鹤，与君游戏。玉梯凝望久，叹芳草萋萋千里。天涯情味。仗酒祓清愁⑥，花销英气。西山外，晚来还卷，一帘秋霁。

注释

①虎落：遮护城堡或营寨的竹篱。②汉酺（pú）初赐：汉律，三人以上无故不得聚饮，违者罚金四两。朝廷有喜庆事，特许军民聚饮，称赐酺。③胡部曲：一种以琵琶为主的音乐。④毡幕：指用毛毡制作的帐篷。元戎：主将，军事长官。⑤人姝丽：指美丽的人。⑥祓（fú）：古代用斋戒沐浴等方法除灾求福，亦泛指扫除。

译文

月光清冷，笼罩着（边塞的）风沙，护城的篱笆清净无尘。今年朝廷解禁，允许臣民相聚饮酒。弹奏起塞北新曲，听元帅军帐中歌吹之声阵阵。层层高楼耸峙，看它红色的栏杆围绕江边，碧色的檐角翘向天空。佳人容貌美丽，脂粉香气被风吹下，夜晚寒冷，轻风细细。

此地真该有词仙，他拥着白云，乘着黄鹤而来，同（登楼的）朋友尽兴游戏。我站在玉梯上久久凝望，叹息芳草萋萋，绵绵不尽。心中升起羁旅天涯的滋味，只好借酒来浇愁，借着赏花来消除豪情。西山之外，黄昏时将帘幕卷起，只见一帘秋雨过后的晴丽。

赏析

淳熙十三年（1186年）冬，武昌黄鹤山上建起了一座名为"安远"的楼，其时姜夔正住在汉阳府汉川县的姐姐家。词人为参加新楼落成典礼，曾与友人刘去非一同前游，并自度此曲记述了这件事。

"月冷龙沙，尘清虎落，今年汉酺初赐"三句围绕"安远"二字而来，客观地显示了筑楼的时代背景。龙沙，指江北的南宋边寨。虎落，为护城笆篱。宋朝南渡时，武昌是抵抗金人的战略要地，和议达成，形势安定下来，出现了和平局面，这便是"安远"的意思。汉制禁止民众聚饮，有庆典时例外，称为赐酺。

"新翻胡部曲，听毡幕元戎歌吹"，这两句写宴席上的歌吹，一片欢乐景象。

接下来"层楼高峙。看槛曲萦红，檐牙飞翠"三句由整体到局部对安远楼的外观进行刻画。"层楼高峙"是写楼的整体形势；"看槛曲萦红，檐牙飞翠"是对它进行细部刻画，

极写其造型之精美壮丽。

"人姝丽,粉香吹下,夜寒风细",这三句又回到宴会上来,写宴席中的歌女。那位佳人如此动人,寒风细细,吹起她身上阵阵粉香。

"此地,宜有词仙,拥素云黄鹤,与君游戏","此地"便是黄鹤山,其西北矶头为著名的黄鹤楼所在,传说仙人子安曾乘鹤路过。词人说在这楼成盛典之上,该有文采风流的"词仙"乘白云黄鹤来题词庆贺,同登楼的朋友尽情游乐。

接着词情急转直下:"玉梯凝望久,叹芳草萋萋千里。"千里芳草触动起词人无限愁情。词人的感情是非常复杂的,安远楼的落成盛况并没真正带给他一种盛世之欢。芳草在古诗词中喻离恨,词人见芳草而生愁,大抵是萋萋芳草牵动起了自己久客他乡之恨,这一点在接下来"天涯情味"一句得到了证实。

"仗酒祓清愁,花销英气",词人只有通过酒与胜景来排遣离恨,来消磨时光,可见他的生活是极不如意的。

"西山外,晚来还卷,一帘秋霁",最后三句从王勃《滕王阁诗》"朱帘暮卷西山雨"化出,以景结情,流露出一种凄清冷寂之感。

词的品赏知识

姜夔词的特色——清空

人们常用"清空"二字来评价姜夔的词,而这一特点主要表现在以下三个方面:

一、就姜夔词中所要表达的情感来看,多属于文人士大夫那种高雅的意趣,既很少有世俗的浓丽香艳,也很少有豪放壮烈的情怀。二、就表现手法上来看,多追求言外之意,空灵的神韵,而避免质实粗重的笔触。三、就词的语言、意象来看,很少用雕琢华丽的语言、繁复艳丽的意象,而是偏向于淡雅素净。四、就词的意境来看,一般都避免过于狭小逼仄或密集拥挤,而以疏朗开阔居多。

就词人这首《翠楼吟》来看,十分鲜明地体现了他词的特色,末三句"西山外,晚来还卷,一帘秋霁",意象极为明丽。